NE DIS AUCUN MAL

LES GARDIENS ALPHA - LIVRE TROIS

KAYLA GABRIEL

LIVRE
GRATUIT
KAYLA GABRIEL

Kira grogna de frustration et commença à se lever, mais Asher la retint en l'enlaçant par la taille.

« Viens par-là » lui dit-il.

« Asher, non ! On sait où cela va mener. Tu dis que tu ne veux pas de moi et je ne veux pas que mon cœur soit brisé une nouvelle fois. Je ne sais même pas pourquoi tu t'embêtes avec tout ça si tu ne… Tu sais quoi, ça n'a pas d'importance. Ramène-moi à Bâton Rouge. »

Asher ne l'écoutait pas. Il ne l'écoutait jamais. Il la plaça sur lui, à cheval sur ses hanches. Il se releva et lui fit baisser la tête jusqu'à ce que leurs lèvres se touchent, capturant sa bouche en un baiser brûlant.

Kira soupira langoureusement et frotta ses hanches aux siennes, leurs langues se mêlant dans une exploration sensuelle de leurs bouches. Asher se lova contre elle, lui faisant sentir le moindre centimètre de sa puissante érection, lui montrant avec son corps ce qu'il ne parvenait pas à lui dire. Sans même s'en rendre compte, Asher poussa le fin tissu qui recouvrait le sein gauche de Kira. Ses seins lourds et crémeux tenaient parfaitement dans sa main, leurs pointes roses se durcissant sous sa langue. Asher gémit contre la douce chair, son envie grandissante, son ours qui ne demandait qu'à être libéré, fou de désir, il n'avait qu'une envie : s'oublier dans Kira et la marquer comme sienne. Tremblant sous la difficulté, Asher ralentit ses caresses et se recula. Kira se mordit la lèvre et s'éloigna en se couvrant le corps. Sa peau était rosie, ses lèvres gonflées et humides. Bon sang, elle en avait mal de désir… cela faisait mal de ne pas aller plus loin.

« Ce n'est pas une question de désir, dit Asher après un moment, sa voix devenue rauque, c'est tellement plus que ça… »

CHAPITRE 1

ominic "Père Mal" Malveaux se tenait au Bout du Monde, cet endroit sublime où les rives de la Nouvelle Orléans rencontraient le Mississipi, et ressassait les évènements qui s'étaient produits ces derniers mois.

Cet endroit était tout particulièrement apprécié des locaux car surplombant l'eau. C'était l'endroit parfait pour fêter un jour férié ou s'émerveiller de la beauté de la côte de la Louisiane.

Ou penser à ses erreurs et ses succès, s'il y en avait.

Père Mal essuya ses mains sur son costume, ignorant la brise salée. Il prit une grande inspiration et regarda passer un bateau-pilote tirant un bateau sur la rivière.

Un instant, il fut jaloux de ce bateau. Il avait besoin d'être guidé. Plusieurs fois, il avait invoqué ses ancêtres, d'habitude forts bavards, mais en vain. Ils ne lui disaient plus rien, depuis cette débâcle au cimetière de Saint Louis. Quand ils les invoquaient, il sentait leur présence, mais ils ne restaient muets. Aucun conseil, aucune vision du passé ou du futur. Aucune aide, ils restaient stoïques.

On aurait dit que non seulement les Gardiens Alphas lui

avaient arraché des mains la Première et Seconde lumière, mais l'avait aussi décrédibilisé aux yeux de ses ancêtres.

Père Mal serra les poings et contempla l'autre côté de la rivière, se battant pour ne pas perdre son sang-froid.

Il ne voulait qu'une chose : se venger, s'en prendre aux ours métamorphes, brûler leur sanctuaire. Mais non, cela ne l'avancerait à rien. Il avait besoin des Premières et Deuxième lumières. Pour le moment, il fallait attendre et les laisser baisser leur garde.

Il devait les blesser de manière plus subtile. Les deux gardiens préposés à la Première et Deuxième lumière gardaient leurs partenaires sous étroite surveillance, il n'était pas facile de briser leurs défenses. Le troisième gardien était introuvable. Dommage, car Père Mal ferait des pieds et des mains afin d'avoir un dragon vivant. Même si la créature ne se soumettrait jamais à sa volonté, l'argent qu'il gagnerait en vendant son sang, ses dents et ses écailles serait incommensurable.

Restait donc le quatrième gardien pensa Père Mal, bien qu'il n'ait pas été adoubé officiellement. Heureusement, Père Mal avait eu une vision du nouveau venu et avait fomenté un plan pour s'en débarrasser.

Glissant son téléphone dans sa poche, il parcouru ses contacts puis fit un numéro.

« Monsieur, répondit une voix à au fort accent allemand. En quoi puis-je vous aider ?

– Vous avez toujours la fille de laquelle on a parlé ? demanda Père Mal.

– *Ja*, bien sûr.

– Je veux qu'elle soit livrée dans une résidence sur l'Esplanade. »

Il y eut une pause.

« Je ne comprends pas, répondit l'homme.

– Je vais vous texter l'adresse. Je veux qu'elle soit déposée dans la cour de devant, bien en évidence.

– Monsieur, vous voulez la libérer ? Elle peut se débarrasser de la ville en une pensée, dans des conditions idéales. »

Père Mal fronça les sourcils.

« Cela n'arrivera pas. Elle est en état de stase… à moins que vous ne me disiez qu'elle ait été activée. Mais pour que cela arrive, il faut arrêter de me poser des questions et respecter mes instructions.

– Bien sûr monsieur.

– Dès que j'ai confirmation de sa livraison, je vous paierai, comme convenu, dit Père Mal qui s'impatientait.

– Monsieur, si je puis… »

Père Mal raccrocha et remis son téléphone dans la poche. Contemplant l'eau, il se sentit satisfait pour la première fois depuis des jours. Bientôt, il n'aurait plus à supplier ses ancêtres de lui donner plus de pouvoir ou d'influence.

Il avait juste besoin d'un levier et c'est ce qu'il venait juste de se procurer. S'éloignant de la rivière, Père Mal sourit.

Tout vient à point à qui sait attendre.

CHAPITRE 2

Si la cérémonie devait avoir lieu ce soir, il n'y avait plus beaucoup de temps. Asher Ellison regarda sa montre - 11h43. 17 minutes avant minuit, la nuit de la pleine lune. 17 minutes pour décider de son destin. Devait-il se dévouer corps et âme au Protectorat du paranormal de la Nouvelle Orléans ? Ou pas ?

« Nous ne savons rien à propos d'Asher donc nous ne pouvons pas le contrôler. Ce n'est pas comme ça que je vois les choses ». Rhys Macaulay décroisa les bras et tapa du pied, pour montrer sa domination. Rhys était l'illustration parfait d'un ours métamorphe : grand, musclé et assez agressif. Asher n'enviait pas les compagnons d'armes de Rhys.

« On ne peut plus attendre Aéric. Cela fait trois mois. On ne sait pas quand et même s'il reviendra. Et je n'ai aucune envie de forcer un dragon à faire quoi que ce soit » répondit Mère Marie, regardant le guerrier roux massif qui se tenait devant elle, la défiant. Le clair de lune éclaboussait la cour, illuminant la scène. C'était presque l'heure magique, la cérémonie allait commencer.

Asher était à environ cent mètres, il regardait la petite

mais fougueuse reine Vaudou se disputer avec le chef des gardiens Rhys Macaulay et comprenait chaque mot de leur conversation. Dans son travail précédent, lire sur les lèvres était vital et il était fier de ne pas avoir perdu la main après être parti des renseignements de l'armée.

Il avait été blessé plus d'une douzaine de fois. Il avait dû simuler sa mort, sinon les Marines se seraient rendus compte que quelque chose clochait. Et il ne pouvait pas dévoiler le secret des métamorphes à l'armée, il frissonnait rien qu'à l'idée de pouvoir être utilisé comme l'ultime arme de guerre... et pourtant, rien ne lui faisait peur.

Il avait un corps et un cœur de pierre, grâce à sa formation. Ses anciens gradés étaient fiers.

Il se tenait devant la baie vitrée qui reliait le manoir à la cour et aux annexes. Il attendait Gabriel et aussi que Rhys et Mère Marie arrivent à un consensus.

Il attendit longtemps. Il s'était entrainé à pouvoir rentrer dans sa bulle lors de périodes de calme en temps de guerre. Il pouvait ainsi tranquillement analyser la situation et planifier au besoin.

Le combat verbal entre Mère Marie et Rhys durait depuis plus de 20 minutes et n'allait aboutir à rien sans Gabriel.

Alors qu'Asher les observait, il passa en revue les conséquences potentielles de leur décision. Duverjay, le major-dome du manoir alluma la lumière de la cuisine. Soudain, Asher ne voyait plus Rhys et Mère Marie mais son propre reflet. Des cheveux drus, coupés courts, qui commençaient à grisonner au niveau des tempes, des sourcils noirs qui surplombaient des yeux presque aussi noirs, une bouche large et gourmande et un corps musclé. Son corps était tel une arme affûtée, plus coupante que le plus effilé des couteaux, et pourtant...

Son reflet lui montrait quelque chose de préoccupant : une fatigue extrême, ça c'était normal, mais il y avait aussi quelque chose de plus sombre, une ombre qui n'aurait pas dû être là. Ce n'était rien de spécifique, plutôt une absence… mais de quoi ? Asher devait admettre que ce manque-là, il le ressentait depuis des années, depuis que…

« Ils se disputent encore ? » Gabriel sorti Asher de son introspection. Le grand britannique brun apparu près d'Asher, plissant les yeux en fixant l'extérieur. Il portait toujours son uniforme de patrouille, un pantalon noir et un t-shirt noir sous un gilet pare-balle. Son épée et ses revolvers étaient dans son sac noir.

« Oui, on dirait que Rhys fait marche arrière, dit Asher.

– Super, donc, c'est sur la bonne voie, » dit Gabriel, attrapant son sac et sortant un paquet entouré de velours satiné. Il lança le paquet à Asher « Ne touche pas la dague jusqu'à ce que je te le dise, à moins que tu ne veuilles avoir des doigts en moins. »

Asher accepta l'arme avec précaution et suivi Gabriel à travers la cour. Asher hésita une fraction de seconde, faisant taire la petite voix dans sa tête qui lui disait de ne pas faire une telle promesse aux Gardiens. Sa phobie de l'engagement n'avait rien de nouveau.

Une fois qu'Asher Ellison avait pris une décision, il s'y tenait. C'était un de ses traits de personnalité qui le faisait tenir lors des moments les plus difficiles de sa vie. Il ne revenait jamais sur une décision, n'y pensait plus. Il choisissait une voie et s'y tenait jusqu'au bout. Jamais d'exception.

Serrant les dents, Asher sorti par la cour arrière, laissant le clair de lune le laver de ses appréhensions.

CHAPITRE 3

Quelque chose clochait avec Kira Hudson. Elle en était certaine. Elle était avachie dans une chaise métallique, au-dessus de la seule fenêtre dans le sous-sol mal éclairé, avec du scotch qui lui sciait les poignets. Son nouveau garde lui avait dit d'entrée qu'une tentative d'évasion donnerait lieu à une violente punition et que c'était de toute façon futile.

Kira avait été enlevée dans une rue de Bâton Rouge il y a 4 jours... ou 5 ? Le maigre et pale skinhead qui faisait office de garde était son préféré de tous ceux qu'elle avait vus. Celui-là était tellement sous l'emprise de la drogue qu'il faisait à peine attention à elle du moment qu'elle restait tranquille.

Vu qu'elle ne portait qu'un haut sans manche fin et blanc et une jupe vert émeraude qui avait été bien abîmée lors de sa capture, elle préférait de loin ce garde que le premier, qui la reluquait comme un morceau de viande en se léchant les lèvres et en souriant. Elle frissonnait rien que d'y penser.

Elle serra les dents... c'était ce qu'ils voulaient bien sûr... la faire taire. C'était une histoire sans fin pour elle. On lui reprochait toujours quelque chose. Trop effrontée, trop impatiente. Cette remarque-là, elle l'avait entendue tellement de fois dans sa ville natale. Union city était une petite ville, avec beaucoup de gens étroits d'esprit et les jeunes de l'âge de Kira préféraient les blondes, si possible cheerleader.

Les yeux de Kira se fermèrent, la coupant de la tristesse de sa captivité. Elle pensa à sa vie amoureuse, en dépit de sa situation actuelle.

A Bâton Rouge, tout était plus grand, mais Kira découvrit que les garçons ici n'étaient pas mieux ; Ils aimaient les gros 4x4 et les gros seins, et les filles comme elle, ils ne les voulaient que pour une nuit, pas plus.

Kira s'en était contentée pendant un moment, mais cela ne la satisfaisait pas. Dommage, car elle aimait ses gros seins, ses hanches et ses fesses. Elle en jetait en jean boot-cut moulant. Quand les gars flirtaient avec elle, elle flirtait aussi, sachant que c'était momentané. Mais secrètement, elle attendait...

Et là était bien le problème, n'est-ce pas ? Elle attendait encore et toujours, en essayant de savoir ce qui manquait à sa vie. Quand il apparut que rien n'allait changer, elle prit un billet simple pour Singapour, avec l'argent qu'elle avait gagné en tant que barmaid.

Un gout amer en bouche, Kira ouvrit les yeux. Elle avait définitivement raté son avion à l'heure qu'il était. Si seulement elle avait su que la morosité de sa vie n'était pas uniquement ce à quoi elle devait échapper.

Elle fixa ses mains, ses doigts. Ils étaient parfaitement immobiles maintenant. Si seulement cela avait pu être le cas ces derniers mois... en effet, après s'être évanouie quelques minutes, elle se réveillait avec une souris ou un oiseau revenu à la vie ressuscités par sa lumière intérieure. La lumière partait de son cœur, parcourait son corps et sortait par ses doigts ; c'est ainsi qu'elle insufflait à nouveau la vie dans des animaux morts. Oui, elle leur redonnait vie. Puis, la souris s'en allait en sautillant, ou l'oiseau s'envolait ou... bien d 'autres exempéles encore. Kira n'avait jamais choisi d'avoir ce don. En fait, la seule fois où elle avait essayé de ressusciter des bébés opossums, sur sa terrasse, son nouveau pouvoir ne s'était pas activé. Apparemment, il allait et venait, à son grand déplaisir.

Malheureusement, quelqu'un avait fini par découvrir ses pouvoirs. Elle ne savait pas qui l'avait vue, ou ce qu'elle avait fait pour attirer leur attention, mais elle était dans la panade. On l'avait mise dans une camionnette sans fenêtre et elle était maintenant avec 5 gardes qui lui donnait des sandwichs au jambon, pieds et poings liés dans un sous-sol au lieu de faire la touriste à Singapour.

Le téléphone de son ravisseur sonna et il sursauta. Kira l'observa pendant qu'il prenait l'appel et sortait de la pièce. Il laissa la porte entrouverte et elle pouvait l'entendre parler. Quand il revint, il avait, dans ses mains tremblantes, une taie d'oreiller foncée et un rouleau de scotch.

« Non, non, non murmura Kira, vous n'avez pas besoin de me mettre ça, je resterai tranquille ! ».

L'homme grogna et roula des yeux avant de lui mettre du scotch sur sa bouche. Il plaça la taie d'oreiller sur sa tête, arracha un autre bout de scotch et Kira le sentit coller la taie d'oreiller à la peau de son dos, de ses bras et de sa poitrine. Puis il la souleva, la portant sur son épaule pour l'amener en haut. Rouge de honte, Kira se résigna. Il la fit ensuite tomber sur un siège rembourré. Un claquement métallique lui fit penser qu'il l'avait mise dans la même camionnette dépourvue de fenêtres.

Elle entendit le moteur démarrer et senti le véhicule se mettre en mouvement. Son cœur battait follement et elle se sentait nauséeuse, imaginant toutes les choses atroces qui pourraient arriver et se passant les pires scenarios en tête.

Le chemin lui parut interminable. Kira essaya de se calmer, voulant être alerte et concentrée au cas où l'occasion de s'échapper se présenterait. Elle respirait profondément par le nez, essayant d'oublier qu'elle ne sentait plus ni son bras ni son épaule à cause de sa position. Elle était presque sûre qu'il n'y avait que deux hommes avec elle, qui murmuraient entre eux. Enfin, le véhicule s'arrêta et Kira sentit deux grosses mains la soulever et la sortir du van. En dépit de ses efforts pour rester calme, une fine couche de sueur recouvrait son front et elle avait la chair de poule. Puis, son estomac se retourna quand les hommes la lancèrent en l'air, son esprit anticipant sa chute dans l'eau, se battant pour respirer…

Mais elle atterrit au sol, sa tête le heurtant violemment. Heureusement pour elle, elle avait atterri sur quelque chose d'assez mou. De l'herbe réalisa-t-elle. Elle était sur de l'herbe. Elle entendit la portière du van se refermer et des pneus crisser. Pendant quelques secondes, Kira ne bougea pas, choquée et vulnérable.

Une minute passa. Puis une autre et une autre encore. Kira roula sur son estomac et s'agenouilla, se pencha en avant pour enlever la taie d'oreiller de sa tête avec ses mains liées. Elle tira dessus, arracha un peu de scotch de son épaule droite, mais elle n'arriva pas à l'enlever complètement.

« Bon sang ! entendit-elle une femme dire d'un peu loin. Gabriel ! Gabriel, il y a une femme ligotée dans notre cour !

– Cassie, recule, répondit une voix rauque à l'accent britannique. Va chercher les autres, veux-tu ? » Kira se recula quand elle sentit deux mains sur ses épaules. Elle cria, sa voix étouffée par le scotch.

« Sh, tout va bien, dit l'homme. Laissez-vous faire. »

L'homme enleva le scotch de la peau de Kira et lui retira la taie d'oreiller, elle fut aveuglée par la forte lumière du soleil de midi. Des tâches obscurcirent sa vision un moment et Kira leva les yeux pour voir un homme grand, fort, avec les cheveux noirs mi-longs se pencher sur elle. Une sublime femme rousse se tenait derrière lui, la main pressée sur son abdomen joliment renflé. L'homme saisi le scotch qui était encore sur la bouche de Kira et l'ôta doucement avec un regard compatissant.

« Vous allez bien ? demanda la femme, d'un air inquiet. Je suis Cassie et lui, c'est Gabriel. Gabriel, libère ses poignets.

– Je… je crois que oui, » dit Kira. Gabriel sorti un couteau de poche et coupa les liens qui encerclaient ses poignets et Kira soupira de soulagement. Elle savait qu'elle devait être inquiète pour sa sécurité, entourée d'étrangers, dans un endroit inconnu. Elle regarda le superbe manoir en briques grises qui se trouvait derrière Gabriel et la femme qui le tenait par la main, essayant de retrouver ses esprits.

« Je suis en Louisiane ?

– A la Nouvelle Orléans, dit la belle rousse. Je déteste être directe, mais… pourquoi vous a-t-on jetée d'un van sur notre pelouse ? »

Kira ouvrit la bouche mais sans savoir quoi répondre. Elle fut sauvée non pas par le gong, mais par un groupe de nouveaux arrivants. Un colosse roux, une femme blonde à l'air échevelé, un employé à l'air sévère en costume, une petite femme créole à l'air féroce, et…

Tous les poils de Kira se hérissèrent la seconde ou elle le vit. Bien qu'il ait l'air un peu plus âgé et plus brut de décoffrage, c'était bien lui. Un homme bâti comme un tronc d'arbre, épais, grand et noueux, du pur muscle. Des cheveux noirs, plus courts que Kira ne se souvenait, presque coupés à raz sur les côtés mais plus longs sur le dessus. Il n'était que lignes, des lignes minces, fermes, et il marcha jusqu'à elle avec une expression intense sur le visage.

Kira le regarda dans les yeux et, en un instant, son regard

la consuma, la dévora, pris tout ce qu'elle avait. Au moins, ça, ça n'avait pas changé en quinze ans.

Bon sang de bonsoir, Asher Ellison se tenait juste en face d'elle. Bien qu'elle ait fait face à un kidnapping et qu'elle ait été jetée d'une voiture tout en réussissant à rester calme, là, elle ne pouvait plus.

Kira se releva et s'enfuit.

CHAPITRE 4

« **A**sher ! Asher, lâche-la. Ne me force pas à t'électrocuter ! »

Ce n'est pas qu'Asher n'entendait pas Echo lui hurler dessus. Il s'en fichait. D'Echo, de Rhys, qui maintenant, l'agrippait par le cou, de Mère Marie, qui allait faire bien pire que juste l'électrocuter.

L'ours d'Asher avait maintenant le contrôle absolu à ce moment et là, il voulait juste protéger Kira des autres, de tous les autres, de la moindre personne vivant sur terre. C'était un type de récompense à retardement peut-être. Asher avait refusé à son ours la vue, le toucher, l'odeur et le goût de sa partenaire pendant presque quinze ans.

Maintenant, son ours allait se délecter. Peu importe qu'autour d'eux ce ne soit que le chaos.

Peu importait que la femme menue aux cheveux blonds cendrés qu'il tenait dans ses bras l'ait giflé quelques instants auparavant.

Asher enfouit son visage dans son cou, léchant la peau sensible alors qu'il la serrait fermement contre lui.

« Asher ! » Kira parvint à dire. Elle se tordait contre lui, le faisant durcir dangereusement. Lui rappelant douloureusement à quel point sa présence l'affectait.

« Asher ! Pose-moi par terre ! »

Kira grogna quand Asher la souleva et fonça à travers le groupe de Gardiens. Il ne comprenait pas ce qui se passait, pourquoi elle était là, comment c'était même possible.

Mais son ours s'en fichait et, en ce moment, Asher était d'accord avec lui. Asher et son ours pensaient tous les deux que Kira serait en sécurité, saine et sauve dans sa nouvelle chambre au manoir et, donc, c'était là qu'il l'amenait.

Asher couru à moitié dans l'entrée du manoir, prit à gauche et s'élança droit vers le mur. Le passage secret qu'avait créé Mère Marie il y a quelques jours s'ouvrit en sa présence et Asher fila tout droit, sachant qu'aucun des Gardiens ne pouvait le suivre.

Le passage secret magique ne s'ouvrait qu'en sa présence, afin qu'il puisse atteindre sa suite personnelle privée, tout comme Rhys, Gabriel et Aeric.

Ouvrant la porte d'un coup de pied, Asher ne s'arrêta que quand il assit Kira sur le bord du lit.

Il se positionna entre ses genoux, les écartant. Il agrippa son menton, la forçant à le regarder. Il ne voulait qu'une chose : plonger dans les profondeurs de yeux bleu clair de Kira.

La seconde où leurs regards se croisèrent, Asher fut transporté au temps où elle le regardait ainsi. Elle était magnifique, du haut de ses dix-neuf ans, avec seulement un drap de lit drapé autour de son corps. Elle le regardait, de ses grands yeux bleus, ses lèvres sensuelles légèrement souriantes et c'est là qu'Asher le vit.

L'amour. Le vrai, le grand amour. Pas juste une question de partenaire lié à jamais, car ils n'étaient ensemble que depuis quelques mois. Non, Kira le regardait avec un mélange de désir, d'affection et d'amusement. Ce regard lui disait sa confiance, son acceptation et renfermait de si belles promesses pour leur futur.

Un homme meilleur aurait été à la hauteur de ses promesses

Un homme meilleur aurait pris tout ce que Kira Louise Hudson avait à offrir et s'en serait contenté. Aurait bâti une vie à deux, aurait chéri cette femme, lui aurait rendu ses sentiments au centuple.

Pas Asher pourtant. Il n'avait suffit que d'un regard pour qu'il se rende compte qu'il ne pouvait pas être à la hauteur de cet amour et il avait tout détruit.

« Asher, dit Kira, le ramenant à l'instant présent. Arrête. Lâche-moi. »

Elle tira sur ses mains et il la relâcha, mais quand elle essaya de le faire reculer, il ne bougea pas.

« Je ne... je ne te veux pas si près de moi, dit Kira, fronçant les sourcils et se reculant sur le lit. Je ne comprends pas ce qui se passe. Pourquoi es-tu ici ? Pourquoi suis-je ici ? Est-ce que... est-ce que tu m'as faite enlever ? »

Ses derniers mots contenaient beaucoup de peur et de suspicion et pour Asher, cette accusation eut l'effet d'une blessure physique.

« Je ne ferais jamais cela » gronda-il, croisant les bras et se reculant, avant que son ours ne se déchaîne et reprenne le contrôle. Son ours n'avait qu'une envie : la toucher, la goûter. Il se fichait de ce que voulait Kira. Asher combattit ses instincts primaires essayant de se concentrer sur le mot *enlever*. Si quoi que ce soit était arrivé à sa partenaire, il voulait savoir qui avait fait le coup. « Dis-moi ce qui s'est passé ».

L'expression accusatrice de Kira disparue. Un instant plus tard, ses yeux s'emplirent de larmes et sa lèvre inférieure se mit à trembler.

« Je… je ne suis pas sûre, parvint-elle à dire. Je marchais dans les rues de Bâton Rouge—

– Bâton Rouge ? interrompit Asher, intrigué. Pourquoi n'étais-tu pas à Union City ? »

Il payait cher un métamorphe qui travaillait à Union City pour qu'il garde un œil sur Kira, qu'il la protège.

« Ça fait trois ans que j'habite à Bâton Rouge, dit-elle, irritée. Tu ne le sais peut-être pas, mais ma grand-mère Louise est décédée il y a quelques années et rien ne me retenait à Union City. En outre, les gens commençaient à remarquer que je ne vieillissais plus. Je ne peux pas avoir vingt-cinq ans indéfiniment sans attirer l'attention. J'ai vécu cinquante ans dans la même ville, et là, je ne pouvais plus dire que c'était grâce à mes gènes. »

Asher fur surpris un moment. Kira avait l'air plus âgée que dans son souvenir, mais elle avait raison. Cela faisait quinze ans qu'il lui avait dit qu'il intégrait le corps des Marines et qu'il ne reviendrait pas.

Arrêtant de penser à cela, il continua :

« Tu as été enlevée dans la rue ».

Kira acquiesça.

« Ils m'ont mise dans un van, m'ont gardée dans un sous-sol ». Elle devenait de plus en plus agitée au fur et à mesure qu'elle parlait et Asher ne put se retenir de lui prendre la main. Entrelaçant leurs doigts, profitant de sa proximité, il continua.

« Combien de temps ? dit Asher. J'ai besoin de tout savoir.

– Quatre jours, peut-être cinq. » Kira haussa les épaules et déglutit, sa gorge délicate se serra alors qu'elle essayait de rester calme. « Puis, ils m'ont mise dans le van, une dernière fois pour m'amener ici.

– Tu as parlé de moi à quelqu'un ? dit Asher, son esprit en émoi. N'oublie personne. »

Kira ricana sans joie.

« Euh, personne, dit-elle, clairement blessée par la question. Il n'y a rien à raconter ».

Asher n'était pas du tout d'accord. Mais ce n'était pas le moment de discuter de ça.

« Depuis que je suis parti d'Union City, tu n'en as parlé à *personne* ? » demanda-t-il.

Kira serra les lèvres, puis soupira et se mit à réfléchir intensément.

« Peut-être mon ex, admit-elle. Je ne lui ai pas tout dit… et puis il n'y a pas grand-chose à dire…

– Ton *quoi* ?! Asher éructa.

– Aïe ! cria Kira, sortant sa main de son emprise. Ne casse pas les doigts. Mon ex, Marshall Logan. Tu sais de qui je parle, un loup métamorphe, des cheveux blond clair… »

Asher ferma les yeux un moment, essayant de ne pas laisser la sourde colère qu'il sentait prendre le dessus sur lui. Il ne connaissait que trop bien Logan, ils avaient servi ensemble dans les Marines, mais Logan était celui qu'il avait engagé pour garder un œil sur Kira, la protéger, surtout d'autres hommes.

Il y aurait vengeance et vite. Marshall Logan allait réaliser ce qu'était la douleur et ça allait être bien plus pénible que l'entraînement de base.

Asher s'obligea à se détendre, desserra les poings et la mâchoire. Quand il réouvrit ses yeux, il avait compartimenté Logan et le mot « ex ».

« Je suis désolé de ce qui t'es arrivé Kira. Je te jure, je te protègerai, » lui dit-il, la regardant intensément.

Kira haussa un sourcil.

« Je n'accepte pas les promesses de menteurs, » rétorqua-t-elle avec bravade.

Asher retroussa les lèvres de dégout en entendant ce mot *menteur* et se retint de ne pas lui grogner dessus.

« Je ne t'ai pas menti Kira. Je t'ai dit que je ne reviendrai pas, affirma-t-il.

– C'est bien la seule promesse que tu n'as pas brisée, rétorqua-t-elle. Tout ce blabla comme quoi nous étions partenaires de vie, que tu me protégerais, ne regarderait personne d'autre…–

Une colère intense parcouru le corps d'Asher, car lui avait tenu ses promesses, qu'elle en soit ou pas consciente.

« Tu es ma partenaire pour l'éternité dit-il, son ton grave la défiant de le contredire.

– Haha ! » Dit Kira.

Asher sauta sur l'occasion pour lui prouver qu'ils étaient encore connectés, sur tous les plans. Asher fut sur elle en une seconde, l'allongeant sur le lit et la recouvrant de son corps puissant. Il enfouit les doigts d'une main dans ses cheveux, pendant que l'autre lui prit la joue et il l'embrassa.

Durement. Violemment, Avec colère.

La faim et la frustration d'Asher étaient évidentes dans son baiser et il fit disparaitre les réticences de Kira de ses lèvres, sa langue et ses dents.

Il la mordilla, la lécha et la suçota jusqu'à ce qu'elle lui rende ses baisers. Kira se tortilla contre lui et son corps accepta son poids, ses bras se faufilèrent autour de sa nuque, ses ongles glissèrent le long de ses épaules.

Les petits bruits qu'elle faisait trahissaient le plaisir qu'elle éprouvait et elle gémit contre sa bouche ; ses seins pressés contre sa poitrine, ses hanches faisaient un lent mouvement de va et vient, ses ongles le lacérait, comme un chat sauvage.

Voilà, c'était la Kira qu'il connaissait, qu'il désirait.

Quelque chose entre eux changea et, brusquement, Kira se figea et le repoussa. Asher essaya de l'embrasser mais elle le gifla.

Violemment, sur la bouche.

« Pousse toi, menaça Kira. Laisse-moi partit, Asher. Tu n'auras pas ce que tu veux. »

Asher se poussa après un moment, sur ses gardes.

« J'ai besoin… » Kira commença, puis s'arrêta. Elle regardait sa main intensément. « Qu'est-ce que ça ? ».

Asher jeta un œil à son poing puis ouvrit la paume de ses mains. Ils regardèrent tous deux l'encre noire qui allait de son pouce à son poignet. Le tatouage était une délicate hirondelle, une merveille de beauté sur le corps musculeux d'Asher. Très souvent, les gens faisaient un commentaire et Asher les envoyaient balader.

« Mon tatouage. »

Kira haussa un sourcil.

« C'est étrange, car j'ai le même » dit-elle en croisant les bras, juste entre mes seins.

Asher la regarda, muet, il ne pouvait expliquer cela.

« Ce qui est encore plus incroyable, Kira continua, est que je l'ai fait juste après ton départ et que tu ne l'as jamais vu en vrai. Je me demande comment tu peux avoir exactement le même. »

Que voulait elle qu'il dise ? Que ses espions l'avaient vue aller chez le tatoueur ? Qu'il s'était renseigné sur l'artiste qui lui avait fait ? Qu'il avait voulu tuer celui qui avait marqué la femme qu'il aimait, alors que lui-même ne le pouvait pas ? Qu'il avait décidé sur un coup de tête qu'il se ferait faire le même tatouage pour s'unir à elle ?

Non, il n'allait pas lui dire cela.

« Bon. Tu sais quoi ? Je pense qu'il n'y a pas besoin d'explications, tu es le même salaud que quand tu es parti, donc… ». Elle sorti du lit, mettant une distance entre eux, son expression fermée. « Je vais me doucher. J'ai besoin de dormir.

– Alors va te doucher et va dormir, » dit Asher, la regardant étrangement. Elle savait que ce qui était à lui était aussi à elle non ?

« Seule, dit-elle, dans un filet de voix. Je veux être seule. Je ne peux pas discuter de ça maintenant. C'est trop.

– Il y a une chambre d'ami, dit Asher, tout honteux.

– Où ça ? Kira demanda.

– Vient, » Asher soupira, son esprit en ébullition, avec mille pensées en tête, la sensation lui donnant presque le vertige.

Il emmena Kira à la chambre d'amis, plus loin, dans le couloir, lui montrant la salle de bain privative.

« Prend ton temps, dit Asher en sortant de la chambre d'amis. Tu es en sécurité ici. On peut parler de tout plus tard, donc ne t'inquiètes pas, tu sais… des choses entre nous ».

La main sur la poignée de la porte, Kira hésita un moment. « Asher, il n'y a plus rien à discuter. Tout est fini entre nous ».

Avant qu'Asher puisse dire quoi que ce soit, elle ferma la porte sur lui. Il était choqué. Alors qu'il marchait jusqu'à sa chambre, son cerveau en mode soldat planifiait déjà la sécurité de Kira.

Son ours, cependant, était encore sous le choc. Les mots de Kira l'avaient profondément blessé, bien plus qu'il ne l'avait cru possible.

Était-ce vrai ? Avait-il perdu l'amour de Kira pour toujours ?

CHAPITRE 5

Après la douche la plus longue, la plus agréable, la plus chaude de sa vie, Kira enfila un bas de pyjama en coton gris qu'elle avait trouvé dans la belle chambre d'amis d'Asher. Elle rampa dans le grand lit, vidée émotionnellement et physiquement. Elle se blottit contre une montagne d'oreillers et sous un dessus de lit doux et épais et s'endormi presque instantanément.

Quand elle ouvrit les yeux, elle resta immobile un long moment. Elle avait besoin de passer en revue les récents évènements. Elle était encore fatiguée et ses muscles étaient douloureux.

Et peut-être aussi qu'elle voulait éviter Asher. Kira en général ne se lamentait pas sur son sort. Elle aimait l'action. Elle préférait se donner un but, le décomposer en une série d'étapes et s'y atteler.

C'était quoi, les étapes à suivre pour faire face au fait de revoir la personne qu'on pensait ne jamais revoir, toucher ou sentir ?

Comment Kira pourrait-elle se protéger de lui, être sûre

qu'elle ne laisserait pas son cœur se perdre en lui encore une fois ?

Remontant le dessus de lit jusqu'à son menton, Kira resta cachée un peu plus longtemps, pensant au passé. Elle ne devait pas son cœur brisé qu'à Asher. Bien sûr, la façon dont il s'était comporté était impardonnable, s'engager dans les Marines sans même un au revoir, mais le véritable problème était que Kira n'avait eu personne vers qui se tourner une fois Asher parti.

Elle pensait que c'était l'amour de sa vie à l'époque, mais il était aussi son meilleur ami. Son seul ami, sans compter sa grand-mère.

Kira avait toujours été une solitaire. Sa mère était décédée alors qu'elle n'était qu'un bébé, la laissant avec un père éploré et sa grand-mère. Son père travaillait sur une plateforme pétrolière. Il était responsable de la maintenance la plus dangereuse qui soit et, un jour, il n'était pas revenu à la maison. C'est ainsi que grand-mère Louise racontait l'histoire, même Kira ne savait pas si son père était bien mort ou s'il avait préféré partir.

Elle n'avait qu'un souvenir diffus de son père et aucun de sa mère. Pour Kira, de l'eau était passée sous les ponts. Certaines personnes avaient des parents et des frères et sœurs, Kira avait grand-mère Louise.

C'était aussi une solitaire à l'école, elle préférait la bibliothèque à la cour de récréation. Au lycée, les pouvoirs de Kira firent surface de plus en plus fréquemment et cela creusa encore plus un fossé entre elle et les autres enfants. Terrifiée à l'idée qu'un de ses camarades de classe la voit en train de réanimer un hamster ou un parterre de pensées, Kira quittait la classe en courant, tant elle était pressée de retrouver le confort et la sécurité de son foyer.

Cela ne l'aida pas à se faire des amis. La première fois qu'elle embrassa un garçon, c'était en terminale, vu que la seule personne avec qui elle passait du temps en dehors de l'école était sa grand-mère.

Au lieu de faire un sport ou de faire partie du bureau des élèves, Kira se faisait discrète et regardait les feuilletons espagnols avec sa grand-mère à la télé. Aucune des deux ne parlaient espagnol, mais c'était drôle à regarder et elles s'amusaient à deviner ce qui allait arriver.

Asher changea tout cela.

Kira sortait du lycée et lui rentra dedans, littéralement, se fracassant presque la tête sur sa poitrine dure comme du granite. Elle leva les yeux et vit l'homme le plus beau de la terre la regarder. Et instantanément, elle fut happée par ses yeux noirs.

Kira sortie de sa torpeur. Rougissant, elle se tourna pour s'éloigner le plus vite possible, mais la main d'Asher sur son poignet la retint.

« On se connait ? » demanda-t-il.

Ces trois mots furent le début d'une histoire d'amour bouleversante, qui sorti Kira de sa coquille et l'aida à s'épanouir pleinement en tant qu'adulte. Tout ce qui se passa après arriva si *vite*. Kira n'avait jamais ressenti ça pour quelqu'un, même si elle était déjà sortie avec plusieurs garçons et elle ne comprit pas tout de suite ce qu'il se passait. L'adolescence, les hormones, le premier amour, toutes ces bêtises.

« En bref, j'étais stupide » vociféra Kira.

Repoussant le dessus de lit, elle s'assit et sortit du lit. Son corps malmené protesta de ses mouvements brusques, mais elle n'avait pas le choix. La salle de bain avait été nettoyée, alors peut être que la mystérieuse femme de chambre avait aussi jeté les vêtements de Kira à la poubelle.

Soupirant, elle se résigna à rester en pyjama. Elle avait vu quelques vêtements dans le placard de la chambre d'amis mais elle ne voulait pas imposer sa présence plus qu'elle ne l'avait déjà fait.

D'accord, en réalité, elle ne voulait pas de la charité d'Asher.

La douche et la bonne nuit de sommeil étaient bien assez et elle n'allait sûrement pas demander plus. Kira soupira et se demanda comment elle allait retourner à Bâton Rouge.

Ses choix étaient réduits : soit demander à Asher, soit appeler son ex Marshall. Pour être honnête, aucun de ces choix ne lui plaisait. Asher avait laissé entendre que Marshall avait pu la trahir, donc elle ne devait probablement pas l'appeler. En même temps, il était dans l'intérêt d'Asher de faire en sorte qu'elle lui demande une faveur, s'il voulait…

Eh bien, que voulait-il en réalité ? Kira n'en avait pas la moindre idée car Asher était toujours aussi énigmatique et essayer de percer ses mystères lui donnait la migraine.

Apparemment, certaines choses ne changeaient jamais. Asher avait été clair sur ses intentions et désirs il y a bien des années de cela. Il lui avait dit ne jamais revenir et qu'elle devrait refaire sa vie. Et c'est ce qu'elle avait fait.

…en gros.

Secouant la tête, elle se demanda comment elle pouvait encore avoir la moindre pensée charitable envers Asher, encore moins une idée romantique, Kira sortit de la chambre d'amis. Elle suivit le couloir jusqu'à l'entrée secrète et se retrouva dans un grand hall de marbre blanc.

Essayant de ne pas trop tomber de haut, comme la fille de campagne qu'elle était, Kira sentit la pierre froide sous ses pieds et réalisa qu'elle n'irait pas loin sans chaussures. Ou argent, ou papiers d'identité.

Jurant, elle se détourna de la porte d'entrée et s'enfonça plus loin dans la maison, essayant de trouver quelqu'un qui pourrait lui donner des chaussures ou l'amener quelque part, ou juste lui donner quelque chose à enfiler, autre qu'un pyjama.

Quand Kira fit irruption dans une énorme pièce ouverte,

qui comprenait une cuisine, un salon et une table de confé-rence, elle s'immobilisa. Debout, près de la table se tenait la petite dame créole, à la peau claire qu'elle avait vue la veille. Elle portait une robe ample couleur améthyste et une écharpe de coton blanche, avec des bijoux en or délicats aux oreilles, poignets et autour de son cou.

« Te voilà, dit la femme, regardant Kira avec impatience. J'ai cru que tu allais dormir toute la journée. Je suis Mère Marie. »

La femme fit signe à Kira de venir près de la table.

« J'espère juste trouver un moyen de transport pour retourner à Bâton Rouge et peut-être trouver des chaus-sures, » dit Kira, toute penaude. Quelque chose en Mère Marie n'inspirait pas confiance à Kira, mais elle ne parvenait pas à mettre le doigt dessus.

« Chaque chose en son temps, dit Mère Marie, refaisant signe à Kira de s'approcher. Viens t'asseoir et mange quelque chose. Tu dois avoir faim »

Elle avait raison bien sûr. Kira mourrait de faim. La faim était plutôt en bas de la liste de ses besoins actuels, donc elle n'y avait pas trop pensé jusqu'à présent.

« Je veux bien, si ce n'est pas trop demander, » dit Kira, se dirigeant vers la table et s'asseyant en face de Mère Marie.

Maintenant que Kira la voyait de plus près, elle pouvait sentir la magie émaner d'elle. Mère Marie était clairement une sorcière et elle était puissante. Cela en soit n'était pas un problème pour Kira car sa grand-mère avait été une prêtresse vaudou et elle faisait des mélanges d'herbes pour guérir et porter chance.

Quand Kira regardait sa grand-mère, elle pouvait parfois voir la magie s'enrouler en volutes autour d'elle, un mélange de couleurs, claires et foncées, criardes et pâles. Parfois il y avait du blanc pur, parfois du gris foncé. Toutes ces couleurs hérissaient la peau de Kira.

« Tu peux voir les auras, » dit Mère Marie, faisant sursauter Kira. Kira la regarda, rougissante. Apparemment, Mère Marie trouvait impoli d'examiner de trop près la magie de quelqu'un.

« Euh, je suppose, je vois des couleurs, » dit Kira, grimaça en entendant ses propres mots qui sonnaient creux. Elle avait encore la tête ailleurs, elle n'arrivait pas à s'exprimer convenablement.

« Si tu t'entraînes, tu pourras les voir sans avoir à faire autant d'efforts, dit Mère Marie. Une sorcière expérimentée peut voir les auras sans que quiconque ne s'en aperçoive ».

Avant que Kira puisse répondre, Mère Marie se tourna et se dirigea vers la cuisine, en appelant, « Duverjay ! Duverjay ! ». Kira la regarda abasourdie mais un employé de maison en costume apparu et s'inclina rapidement devant Mère Marie.

« C'est Duverjay, notre majordome, dit Mère Marie. Duverjay, Kira a faim. Pouvez-vous lui préparer quelque chose ?

– Tout ce que vous voulez madame, dit le majordome à Kira, inclinant légèrement sa tête. Une omelette, peut-être ? Nous avons aussi des fruits frais et des toasts.

– Oh, » dit Kira, étonnée. Elle s'était attendue à ce qu'on lui propose un sandwich ou quelque chose de moins sophistiqué. « Je ne veux pas vous donner trop de travail monsieur ».

Duverjay haussa les sourcils mais Kira ne put déchiffrer si c'était de surprise ou de déplaisir.

« Pas du tout. Si vous voulez, je peux aussi vous faire autre chose. Nous avons un excellent filet mignon, des asperges et des pommes de terre. Ou peut-être une salade, avec des blancs de poulet grillé ?.

– Oh, bien. Une omelette, ce sera parfait, dit Kira, un peu dépassée par tous ces choix.

– Tout de suite, » dit le majordome, se dirigeant vers la cuisine.

Mère Marie se tourna vers Kira, oubliant le majordome.

« Parfait, parlons de toi maintenant ma chère ». Le mot *ma chère* sonnait bizarrement dans sa bouche et Kira se dit que Mère Marie n'utilisait pas souvent des surnoms affectueux.

« Je partirai rapidement, c'est promis, » dit Kira, se raclant la gorge.

Mère Marie s'assit dans le siège à côté de Kira et Kira se retint de ne pas bondir hors du sien pour s'enfuir.

Elle le sentait encore, cette petite voix à l'arrière de sa tête qui lui disait de faire attention. Quelque chose au sujet de la sorcière la mettait mal à l'aise et elle avait la chair de poule.

« Vous faites écho à ma magie, dit Mère Marie, hochant la tête sur le côté en examinant Kira sous toutes ses coutures. Apparemment, le verdict n'est pas très positif ».

– Je suis désolée, dit Kira en fronçant le nez, je ne la comprends pas.

– Ta magie est d'un blanc pur, alors que la mienne est plutôt… grise, dit Mère Marie, en pinçant les lèvres. Tu ne t'es pas beaucoup servie de la tienne, donc toutes les magies te paraissent étrangères.

– Que voulez-vous dire, ma magie est d'un blanc pur ? demanda Kira.

– Nous commençons tous la vie avec une magie blanche, enfant. Avant que tu n'utilises ta magie pour la première fois, ta magie est pure, exempte de toute influence. Tu ne l'as jamais utilisée pour des raisons égoïstes. Tu n'as jamais lancé sort négatif contre quelqu'un. Au fur et à mesure qu'une sorcière progresse, elle doit prendre des décisions, choisir comment utiliser sa magie. Plus tu t'entraines, plus tu l'utilises, plus tu as de chance de devoir prendre une décision difficile, être mise dans une situation où tu devras utiliser ta magie dans un but autre que tourné les autres. Même si tu dois jeter un tout petit sort pour te défendre, ou pour aider, ou si tu jettes un sort à quelqu'un, alors cela va teinter ton aura.

– Donc, c'est pour cela que votre aura a tant de couleurs ? Vous avez jeté des sorts à beaucoup de gens ? » demande Kira, essayant de tout comprendre.

Mère Marie éclata brièvement de rire.

« Ma chère, je suis ici depuis plusieurs centaines d'années et j'ai utilisé tous les types de magie qui existent. Tous les choix que j'ai dû faire sont visible dans mon aura. La seule chose que je n'ai jamais faite, c'est la vraie magie noire. Cela, tu le sauras, car mon aura serait seulement noire et rouge sang.

– Est ce que la magie noire est vraiment horrible ? demanda Kira.

– Cela requiert un sacrifice vivant, dit Mère Marie. C'est vraiment, vraiment quelque chose d'horrible. Je ne pense pas que tu pourrais te tenir à moins de cent mètres d'une sorcière ou d'un sorcier la pratiquant.

– Qui voudrait cela ? demanda Kira, secouant légèrement la tête.

– Tu serais surprise, les gens désespérés essaient toutes les solutions possibles et inimaginables ».

Kira pensa à cela et haussa les épaules.

« Peu m'importe. Je rentre à Bâton Rouge, aussi vite que possible et je pense qu'il n'y a pas beaucoup de sorcière pratiquant la magie noire là-bas. J'ai très peu de pouvoirs et je les cacherai bien, comme cela, personne ne voudra m'utiliser, » dit-elle.

Mère Marie s'immobilisa, regarda Kira intensément et Kira rougit et se tortilla sous son regard.

« Tu dis que tu n'as pas beaucoup de pouvoirs ? demanda Mère Marie, l'air sombre.

– Non, pas vraiment » dit Kira. Ses mots avaient un goût de mensonges, mais c'était pourtant la vérité.

« Attends-là. » Mère Marie se leva et disparu de la pièce.

Kira attendit, remerciant chaleureusement le majordome pour le petit-déjeuner qu'il lui apportait et commença à dévorer l'omelette et les fruits. Elle avait presque fini quand Mère Marie revint avec un très grand miroir, aux bords adornés.

Kira regarda Mère Marie le poser à plat sur la table, près de l'assiette de Kira. Puis posa une petite dague en argent sur le miroir. Elle enleva la chaise et se tourna vers Kira. Elle attendait quelque chose.

Kira avala un morceau d'omelette et regarda Mère Marie.

« Qu'y a-t-il ? demanda-t-elle.

– Lève-toi, dit Mère Marie, en sortant un mouchoir blanc de sa poche. Nous allons avoir besoin de sang, juste quelques gouttes. »

Mère Marie pris la dague et la mit dans la main de Kira, lui intimant de se piquer le doigt avec. Kira n'avait soudain plus faim, elle n'aimait pas la vue du sang et le sien la rendait un peu nauséeuse.

Se mordant la lèvre, Kira fit la coupure la plus petite possible au bout de son annulaire. Heureusement, la lame était affutée et elle sentit à peine l'entaille. Une grosse goutte de sang se forma. Mère Marie pris la main de Kira et la retourna, la posant paume à plat sur le miroir.

Elle ferma les yeux et entama une litanie de mots que Kira ne comprenait pas, lui donnant la chair de poule. Le miroir prit vie, montrant une scène...

Alors que Kira et Mère Marie regardaient la scène, le miroir fit apparaitre une image qui fit ressurgir un souvenir chez Kira, de manière fugace. Elle se pencha en avant en fronçant les sourcils. Seule la main de Mère Marie qui la retenait au miroir l'empêcha de s'échapper, dès qu'elle eut reconnu la scène.

C'est un grand terrain recouvert d'herbe, derrière un camping à Union City, un endroit où les ados du lycée venaient garer leurs 4x4 et mettaient tout en place pour une grosse fête. Quelqu'un préparait toujours un grand feu et la fête durait aussi longtemps que le feu brûlait.

Dans le miroir, la clairière était sombre et il y avait foule, une douzaine de 4x4 garés en demi-cercle. Les radios étaient à fond et on entendait leur musique. Les ados étaient assis sur le plateau des 4x4 ou sur des balles de foin, buvant dans des verres en plastique ou des canettes de bière. Des bouteilles d'alcool non étiquetées, au liquide clair, étaient partagées. C'était du Moonshine, volé sans aucun doute aux parents de quelqu'un.

« Je ne veux pas voir cela, » murmura Kira, mais Mère Marie pressa encore plus fermement sa main contre le miroir. Kira se sentit incapable de faire autre chose que regarder bien qu'elle se rappela parfaitement de la nuit en question.

Kira vit Asher sur la droite, il bavardait avec un couple d'amis et avalait de longues gorges de moonshine. Puis, elle se vit entrer en scène, arrivant de derrière un 4x4, rigolant et trébuchant, une bouteille à la main. C'était étrange de regarder la scène de haut. Kira ne s'en était pas rendue compte mais Asher ne la quittait pas des yeux et il avait l'air fou de colère.

C'était logique. C'était la nuit où il lui avait dit qu'il partait, environ une heure et demi après qu'il ait prononcé les mots fatidiques. Kira s'était enfuie et s'était dirigée droit vers le feu, pour oublier son mal de tête. Oubli qu'elle avait trouvé au fond de la bouteille de moonshine… en tous cas, pour un court moment.

Sachant ce qui allait se passer, Kira regarda l'autre côté du miroir. Bien sûr, Dan Jones était là et avalait goulûment le fond d'une bouteille de moonshine, crachant une partie dans le feu. Dan avait le même âge que Kira et était en terminale, un vantard arrogant, un joueur de football qui se trouvait trop cool et qui n'aurait jamais regardé une fille tranquille comme Kira. Elle n'avait jamais particulièrement apprécié Dan, mais elle allait apprendre à le connaître trop bien à son goût.

Dan vacilla sur place, devenant vert. Il s'effondra moins de trente secondes plus tard et tomba tête la première. Quand plusieurs ados se regroupèrent autour de lui et se mirent à crier, Kira s'approcha aussi, curieuse de ce qui se passait.

Une minute passa, puis une autre. Personne n'arrivait à réveiller Dan de son coma éthylique. Une fille brune et mince essayait de faire de la bouche à bouche, mais rien n'y faisait.

Un battement. Un battement. Comme un tambour. Kira se rappelait parfaitement : des pulsations lentes, persistantes dans sa tête. Elle se demandait pourquoi tout en regardant Dan. Une idée saugrenue lui vint. Prenant un moment, elle eût l'impression d'entendre battre le cœur de Dan. De plus en plus lentement...

Puis ce fut le silence.

Comme les gens reculaient, certains sautaient même dans leur 4x4 pour échapper à la scène, Kira se précipita sur Dan. Elle n'avait aucune idée de ce qu'elle faisait, mais elle avait *besoin* de le toucher. Elle tomba à genoux près de lui, les mains posées sur sa poitrine

Dans le souvenir de Kira, tout devint noir.

Dans le miroir, le corps entier de Kira devint rigide, puis elle commença à trembler, ses yeux roulant dans leurs orbites. Quelques ados regardaient, mais la plupart s'enfuyaient. Asher apparut aux côtés de Kira, l'air pâle mais il ne fit rien.

Puis, Kira s'évanouit, tomba sur le côté sans aucune grâce. Dan tressaillit, s'assit puis se vomit dessus.

Asher s'avança et prit Kira dans ses bras, l'emportant plus loin.

Mère Marie retira la main de Kira du miroir, la regardant l'air amusé.

« Est-ce-que c'est cela que tu appelles avoir peu de pouvoirs ? » demanda la sorcière, essuyant les doigts ensanglantés de Kira avec un mouchoir.

– Ce n'est arrivé qu'une fois et je n'ai rien fait. La magie a pris le contrôle, protesta Kira.

– C'est parce que tu n'as jamais été formée à utiliser ton pouvoir. Je ne connais aucun résurrecteur personnellement, mais j'ai entendu des histoires à leur sujet, dit Mère Marie.

– Comment les appelez-vous ? demanda Kira, fort étonnée.

– Des résurrecteurs. Du français *ressusciter,* faire revenir à la vie. » Mère Marie prononça le mot en français parfait et Kira suspecta alors qu'elle était bilingue. « Votre genre est très rare, parce que vous avez le pouvoir que tous les gens mal intentionnés convoitent. Vous pouvez littéralement réanimer et commander aux morts. Vous pouvez rendre vie à un corps. Il y a des limites à vos capacités bien sûr, mais réfléchissez. Si les gens savaient ce que tu peux faire, un kidnapping serait le cadet de tes soucis. »

Mère Marie s'éclairci la gorge et recula, ramassant le mouchoir.

« Attendez, dit Kira, regardant la sorcière. Je vais le garder, je préfère garder tout objet ayant mon sang si cela ne vous ennuie pas ».

Elle tendit la main et Mère Marie lui redonna le mouchoir en maugréant. Kira humidifia un coin de sa langue, puis essuya le miroir et la dague, s'assurant bien que Mère Marie n'en aurait pas une goutte. Elle ne la connaissait pas bien, mais elle savait en son for intérieur, qu'elle ne voulait pas que Mère Marie ait une goutte de son sang ou une mèche de ses cheveux.

« Bien, dit Mère Marie en soupirant, je suppose qu'il est vain de penser que tu vas pouvoir te balader dans Bâton Rouge sans que quiconque ne sache qui tu es. Vu que tu as déjà été enlevée, gardée captive et jetée à cent soixante kilomètres de chez toi, je pense que l'on peut être sûr que quelqu'un sait qui tu es. A en juger par la réaction d'Asher, tu es là pour lui, mais je ne sais pas pourquoi… »

Elle regarda Kira avec des questions dans les yeux, mais Kira haussa juste les épaules.

« Je ne sais pas non plus pourquoi. Il n'y a rien entre Asher et moi. »

Mère Marie s'esclaffa.

« Ne sois pas ridicule, vous êtes partenaires de destinée. C'est clair comme le jour, dit Mère Marie en roulant des yeux. Je ne sais pas pourquoi tous les gardiens trouvent des femmes qui sont dans le déni complet. C'est usant, vraiment.

– Il a rompu il y a longtemps, insista Kira.

– Cela ne compte pas, dit Mère Marie, faisant un mouvement de main. Nous n'avons pas besoin de parler de tes problèmes avec Asher. En fait, je m'en fiche. Par contre, il est important que je te garde loin de toute magie noire. Si tu devais t'y initier, tu réduirais la ville en cendres. Peut-être même le monde. J'ai des frissons rien que d'y penser.

– Donc vous voulez que je reste ici indéfiniment et que j'évite de croiser Asher ? dit Kira en fronçant les sourcils.

– Je veux que tu restes et que tu apprennes à maîtriser tes pouvoirs. J'ai les livres et assez d'expérience pour t'aider. En échange, je veux que tu ne t'approches pas d'autres influences, » dit Mère Marie. Kira se demanda de quelles *influences* elle parlait, mais cela n'avait pas d'importance. C'était sûrement la meilleure offre qu'elle aurait.

En plus, elle pouvait s'habituer à manger tous les jours les omelettes du majordome…

« J'accepte, dit-elle. Mais je veux une chambre éloignée de celle d'Asher.

– Ha ! vociféra Mère Marie. Je ne pense pas non. C'est un gardien et un gardien a besoin de sa partenaire pour fonctionner correctement. Je ne dis pas que tu dois sauter dans son lit, mais il a besoin de te savoir en sécurité. Je ne peux pas l'avoir errant dans les rues, pourfendant des démons, s'inquiétant pour toi en se faisant blesser au passage. Non. Tu resteras ici.

– Vous ne comprenez pas, dit Kira, sentant le besoin de s'expliquer. Il m'a quittée, abandonnée, moi, sa soi-disant partenaire de vie. Je l'ai attendu des années en vain. J'avais tellement peur de louper son retour, que je ne suis allée nulle part, je n'ai jamais vécu les expériences que j'aurai voulues. Je vis dans un état côtier et je ne suis jamais allée à la plage !!! Tout ce que j'ai fait, c'est lire des livres et espérer qu'un jour, il revienne. C'est marrant, parce qu'il a l'air bien ici. Asher n'a pas besoin de moi et il ne me désire pas non plus. Donc ne créez pas de relation où il n'y en a pas, ce n'est pas juste vis à vis de *moi*. »

La voix de Kira se brisa sur le dernier mot et elle mit sa main sur ses yeux, s'isolant de Mère Marie. Elle entendit l'irritation dans son soupir et s'attendit à ce que Mère Marie la réprimande encore. Mais pas du tout.

Ouvrant les yeux, elle réalisa que Mère Marie était partie. A sa place, à moins de six mètres d'elle, se tenait Asher, qui la regardait avec une étrange fascination. Kira rougit aussitôt comme une tomate, essuyant les larmes qui menaçaient de couler.

« Y-a-t-il la moindre chance que tu n'aies pas entendu cette conversation ? demanda-t-elle à Asher, elle savait à quel point elle avait l'air pathétique et misérable.

– Non, dit-il, son expression grave. Kira…

– Arrête, dit Kira, bondissant sur ses pieds. Laisse moins une once de dignité et ne dit rien. Je ne peux pas avoir cette conversation maintenant.

La lâcheté de Kira la fit fuir de la pièce et elle se précipita vers le passage secret.

Elle arriva en un temps record dans la chambre d'amis, claqua la porte et se laissa tomber au sol. Pressant son visage contre le bois froid de la porte, elle sentit la vague de tout ce qu'elle avait refoulé gonfler dans sa poitrine et menacer d'exploser. Ne pouvant plus tout garder à l'intérieur, elle la laissa sortir.

Pour la première fois depuis la mort de sa grand-mère, Kira pleura.

CHAPITRE 6

Asher se tenait dans le salon du manoir, observant Kira dans l'arrière-cour avec Mère Marie. Mère Marie enseignait à Kira comment un magicien devait utiliser sa baguette magique en argent. Elles en avaient chacune une en main, utilisant leurs baguettes pour soulever les feuilles de l'herbe et les faire tourner doucement. Kira fit un geste de la main avec sa baguette, faisant tourbillonner chaque feuille qui se trouvait dans la cour arrière et tomber une pluie de feuilles fraîches accrochées aux chênes qui projetaient leur ombre en dessous.

Kira rejeta la tête en arrière et rit et même la mère Marie sembla amusée. Asher ne comprenait que trop bien ce sentiment. Quand elle était heureuse, Kira était irrésistible. Quand elle était triste, Asher avait le sentiment de se noyer, de ne plus pouvoir respirer tellement il avait envie de lui plaire.

C'était un cycle dangereux, de vouloir tout améliorer dans le monde de Kira. Cette responsabilité, bien que Kira ne lui ait jamais rien demandé est ce qui avait en partie chassé Asher.

Les mains d'Asher se crispèrent. Il ne voulait pas penser au passé. De vieux souvenirs inondèrent le fossé entre lui et Kira, le rendant plus profond encore. Depuis une semaine, Kira n'avait pas croisé son regard et ne lui avait pas adressé la parole.

Il s'était opposé à ses demandes et avait engagé une personne pour rester chez elle à Union City, afin de nourrir son chat. C'était surtout pour surveillez les intrus, mais ça, Kira ne le savait pas. Il avait également appelé son patron et lui avait carrément dit que Kira était en danger et qu'elle ne retournerait probablement pas au travail avant un certain temps, voire jamais. Quand Kira a découvert qu'il avait pris ces dispositions sans lui demander son accord, elle avait s'était murée dans son silence. Dur à vivre.

Kira avait un atout, elle avait la capacité de vraiment faire comme si quelqu'un n'existait pas et Asher était pour la première fois, dans sa ligne de mire. Il devait admettre que cela ne lui plaisait pas beaucoup.

Encore une fois, ne lui avait-il pas fait la même chose ? Quinze ans, il l'avait négligée, quinze ans, il était resté à l'écart. Si elle ne lui était pas tombée dessus, cela aurait pu durer encore.

Mais pas beaucoup plus. Asher avait depuis longtemps senti l'appel, le sentiment qu'une partie de lui-même manquait, de ne jamais être complet. Les cinq dernières années avaient été particulièrement pénibles après qu'il ait quitté le service militaire, il cherchait de quoi s'occuper et un emploi.

Soupirant, Asher se tourna vers Duverjay, qui se tenait à quelques mètres derrière lui.

« As-tu préparé tout ce dont elle pourrait avoir besoin ? Demanda Asher au majordome.

– Je pense que oui, monsieur, répondit Duverjay. J'ai pris

la liberté de tout mettre dans votre Mercedes Classe C Cabriolet pour votre voyage. Voici les clés. »

Duverjay tendit à Asher un mince porte-clé noir et Asher le prit en le remerciant. Duverjay avait préparé tout le nécessaire pour cette surprise dont Kira et lui avaient besoin.

Il ne restait plus maintenant qu'à faire en sorte que Kira accepte de le suivre.

Heureusement pour Asher, il avait entendu les commentaires que Mère Marie avaient faits sur leur relation. Sachant qu'elle était de son côté, qu'elle s'attendait à ce que les choses entre Asher et Kira s'améliorent. Asher sentit qu'il avait une petite marge de manœuvre.

Alors, il avait pris cette toute petite marge et l'avait transformée en boulevard. Prenant une profonde inspiration, Asher se rappela l'homme qu'il était, des épreuves qu'il avait traversées. Après s'être fait bombarder dans presque tous les coins du Moyen-Orient, il était impossible qu'Asher laisse sa belle compagne blonde lui faire peur.

Avant qu'il ne puisse changer d'avis, Asher poussa les portes-fenêtres menant à l'arrière-cour et se dirigea vers l'extérieur. Mère Marie et Kira se tournèrent vers lui, le regardant avec surprise. Asher ne dit pas un mot et ne donna aucune explication.

Il prit la baguette des doigts de Kira, la jeta à Mère Marie, puis attrapa Kira.

« Quoi ? Asher ! cria Kira alors qu'il la jetait par-dessus son épaule.

– Nous serons de retour plus tard », dit Asher à Mère Marie.

Il passa un bras autour de la taille de Kira pour la maintenir immobile, la porta jusqu'au-devant de la maison et se dirigea directement vers la décapotable qui l'attendait. Quand elle vit la voiture, Kira cria et commença à se débattre. Asher utilisa sa main libre pour fesser son arrière train, vêtu de jean, faisant taire ses protestations.

Asher déposa Kira sur le siège avant de la voiture décapotée puis sauta dans son siège.

« Asher, que fais-tu ? » La voix de Kira était basse et très sérieuse.

« Attaches ta ceinture de sécurité », dit Asher. Il mit la sienne et accéléra, la voiture fut dans la rue avant que Kira ne puisse tenter de s'échapper.

« Est-ce que tu me kidnappes ? »

Asher la regarda froidement, en roulant des yeux.

« Je ne sais pas, Kira. Penses-tu que je pourrais te faire du mal ? » demanda-t-il. Il détestait ne pas savoir comment elle répondrait à cette question, mais il n'y pouvait rien.

Kira pressa ses lèvres jusqu'à ce qu'elles ne soient plus qu'une fine ligne blanche et boucla sa ceinture de sécurité. La journée s'annonçait belle et radieuse, un temps parfait d'automne, avec une vingtaine degrés, ce qui expliquait en partie pourquoi les gens tombaient amoureux de la Nouvelle-Orléans.

« Ce n'est pas moi qui voulais rester ici » dit Kira après une minute. Si tu voulais que je revienne à Bâton Rouge, tu n'avais qu'à le dire. »

Asher fronça les sourcils et secoua la tête.

« Nous n'allons pas à Bâton Rouge, déclara-t-il.

Union City ?» Demanda Kira, l'air inquiet.

– Non. Nous allons à l'est.

– Asher, commença Kira, mais Asher la coupa.

– Nous partons pour la journée. Il y a de quoi manger sur la banquette arrière, de l'eau en bouteille et quelques-uns de ce mélange de noix pour randonneurs que tu aimes tant. Le trajet durera environ une heure. Choisis juste une station de radio et apprécie le paysage, d'accord ? » Asher dit rapidement, frustré par son manque total de confiance en lui.

Encore une fois, il ne méritait pas sa confiance, mais l'opinion qu'elle avait de lui le blessait tel un coup de couteau dans les côtes. Kira se renfrogna et alluma la radio, tombant sur la station d'informations qu'elle aimait beaucoup mais qu'il trouvait ennuyeuse.

Asher n'écoutait pas beaucoup de musique, mais il aimait l'écouter forte et rageuse, telle le hard rock.

Les entretiens avec des auteurs à succès et des vieillards racontant des blagues sur les voitures n'étaient pas son truc, mais cela sembla calmer Kira assez rapidement. Asher releva les fenêtres de la décapotable de manière à ce que Kira puisse toujours entendre la radio en roulant.

Une fois sur l'autoroute, elle ouvrit une bouteille d'eau et le mélange de fruits secs en inspectant le paquet prudemment.

« N'est-ce pas ceux que tu aimes ? » demanda Asher, élevant la voix pour se faire entendre à cause du vent et la de radio.

Kira le regarda avec une expression insondable. Elle acquiesça, puis détourna le regard et augmenta le volume de la radio. Elle était silencieuse et restait plutôt immobile, réagissant peu, avant de passer devant un énorme panneau en bordure de route qui les accueillait à Gulfport Beach, dans le Mississippi.

« Gulfport ? demanda Kira alors qu'Asher quittait l'autoroute et se dirigeait vers le sud. Qu'y a-t-il à Gulfport ? Un casino ? »

Asher grogna à moitié.

« Euh, ce n'est pas à l'ordre du jour. Je ne pensais pas que tu aimais ça, dit-il, la faisant rougir avec son ton taquin.

– Alors, où allons-nous ?

– Tu es tellement impatiente. As-tu toujours été ainsi ? »

L'expression de Kira s'assombrit et elle croisa les bras.

« Peut-être, répliqua-t-elle, ce qui arracha un rire à Asher.

– Attends encore trois minutes. Je te promets, ça va te plaire. »

Kira se pencha en arrière et regarda défiler le paysage, tandis qu'Asher la regardait. Bientôt, il gara la voiture dans un parking privé et sécurisé, utilisant une carte pour passer la sécurité. De là, il conduit la voiture presque jusqu'au bord de l'eau, s'arrêtant devant une cabane de plage blanche.

« Nous y sommes, dit-il. Nous avons chacun un sac dans le coffre. »

Kira lui lança un regard suspicieux mais sortit de la voiture, acceptant le grand sac que lui tendait Asher après avoir ouvert le coffre. Il prit un autre sac, puis un jeune valet apparut près d'eux, prêt à transporter le reste de leurs affaires et à s'occuper de la voiture.

« La plage, dit Kira en marchant sur le sable. Oh… bah.

– Où pensais-tu qu'on allait ? » demanda Asher.

Kira secoua seulement la tête. Il était à peu près sûr de ne pas vouloir connaître la réponse à cette question.

Des kiosques de plage fermés et isolés s'étalaient sur une longueur de plusieurs kilomètres sur la plage, des emplacements de premier choix. Les locations à la journée étaient un commerce florissant pendant la haute saison estivale de Gulfport, bien que maintenant, tout était beaucoup plus calme. À part quelques valets et préposés à l'entretien au niveau de la cabane principale, il n'y avait personne.

« Nous sommes là, dit-il en la guidant le long d'un chemin en bois jusqu'à ce qu'ils atteignent le troisième bâtiment. Le gazebo faisait probablement trente mètres carrés, était en bois blanc immaculé et enveloppé d'une moustiquaire vaporeuse. Il n'y avait pas de portes, juste une ouverture qui donnait sur l'océan. Quand Asher amena Kira à l'intérieur, tout était comme sur les photos de magazine : un mobilier confortable et propre, une kitchenette, une salle de bain et un vestiaire pour avoir plus d'intimité. « Wow, » dit

Kira en posant son sac sur un canapé futon blanc. Une table basse se dressait au centre de la pièce et Kira s'émerveilla du champagne glacé et des collations préparées. Asher se souvint qu'elle était exigeante pour la nourriture, préférant toujours des aliments sains et gastronomiques. Alors, il lui avait commandé des choses qu'il pensait qu'elle aimerait : un plateau de charcuterie et une sorte de mélange croustillant à base de pois chiches. Puis il avait aussi pris du champagne, pensant qu'ils pourraient tous les deux avoir besoin de se détendre. Si Kira était était ne serait-ce qu'à moitié aussi tendue qu'Asher en son for intérieur, elle devait être effondrée.

« Euh, tu devrais avoir un maillot et quelques serviettes dans ton sac, dit Asher. Je vais prendre le vestiaire et comme ça, tu prends la grande et élégante salle de bains. Ensuite, on s'habille et on se prépare pour la plage".

Kira grimaça, mais elle ne dit pas ce qui la chiffonnait. Au lieu de cela, elle hocha la tête et alla dans la salle de bain.

Il se changea plus vite qu'elle, enfilant un simple maillot noir. Une fois habillé, il se mit rapidement de la crème solaire et versa deux verres de champagne.

Quand Kira sortit de la salle de bain, Asher faillit s'étouffer. Elle était rouge comme une betterave, tenant dans ses bras une serviette et un grand chapeau de soleil. Elle se retourna pour fermer la porte de la salle de bain et Asher réalisa qu'il devrait vraiment remercier Duverjay ; Kira portait un bikini vert menthe très peu couvrant et elle avait fière allure.

Elle était à croquer, tout simplement.

« Il y avait un maillot une pièce, mais il ne m'allait pas », s'excusa Kira, un peu tendue.

« Je remercierai Duverjay plus tard, » dit Asher, un sourire aux lèvres. Kira lui faisait ça, le faisait sentir tellement… léger.

Mieux encore, le regard de Kira se posa sur la poitrine nue et les abdos d'Asher. Son regard, mi-curieux, mi-admiratif, donna à Asher l'impression d'être un surhomme. Bon sang, ça faisait du bien. Normalement, il se fichait complètement de ce que les femmes pensaient quand elles le regardaient, mais savoir que sa partenaire appréciait les heures de musculation qu'il passait chaque jour au gymnase…

Oui, ça valait le coup.

« Champagne ? » Demanda Kira. Asher réprima un sourire quand elle bougea et s'éclaircit la gorge, attirant son regard vers son visage.

« Je pensais qu'on pourrait avoir tous les deux besoin d'un peu d'aide pour nous détendre, déclara Asher avec un haussement d'épaules. Il s'est passé beaucoup de choses cette semaine. Il y a eu beaucoup de changements, beaucoup de travail. »

Kira sortit et accepta le verre de champagne qu'Asher lui tendait, lui souriant avec hésitation.

« Je suppose, oui, accepta-t-elle. La semaine a été longue. »

– Oui. Je pensais qu'on pourrait déclarer une trêve pour aujourd'hui, simplement profiter de la vie, nous soucier de rien d'autre, » suggéra Asher. Au bout d'un moment, Kira hocha la tête et lui adressa un sourire plus sincère.

« Ça a l'air vraiment bien, admit-elle. Alors… santé. » Ils trinquèrent puis sirotèrent leur champagne. Asher bu le verre en un coup, grimaçant à cause des bulles. Le champagne n'était pas exactement sa boisson de prédilection, mais Kira semblait le savourer.

« OK, dit Asher. Je prends la bouteille et te suit jusqu'à l'eau. Il y a des chaises et des serviettes déjà installées.

– Euh… Kira rougit et posa son verre en tremblant. En fait, j'ai besoin d'aide pour me mettre de l'écran solaire dans le dos. Je ne veux vraiment pas prendre de coup de soleil.

– Je pourrais peut-être t'aider, » la taquina Asher. Il se retourna et pris l'écran solaire dans son sac. Il choisit une bouteille de lotion plutôt que le spray qu'il avait lui-même utilisé.

« Vas-y, retourne-toi. » Kira posa sa serviette et son sac et lui tourna le dos. Asher ne perdit pas de temps et se versa de la lotion dans les mains et commença à la faire pénétrer. Il allait doucement, appréciant la sensation de sa peau douce et chaude sous ses paumes calleuses. Kira frissonna sous son toucher au début, mais sembla se détendre et en profiter au bout d'une minute.

Il fit attention à bien la masser, allant du cou au bas du dos, glissant ses doigts sous les bretelles du haut de son bikini. Il finit par glisser lentement ses mains depuis ses hanches, effleurant les côtés de ses seins. Il aurait voulu continuer, mais c'était fini et il se recula avec un soupir. Kira se tourna vers lui et lui adressa un sourire à moiti endormi.

« Ça fait vraiment du bien. Personne ne m'a massée ces temps-ci, a-t-elle déclaré.

– Quand tu veux, dit Asher sérieusement. Il suffit de demander. »

Bien sûr, il aurait préféré masser son corps complètement nu avec de l'huile de coco, allongée dans son lit, mais… il était prêt à utiliser n'importe quelle excuse pour pouvoir la toucher.

« D'accord. Prêt ? demanda Kira en jetant un coup d'œil à la plage.

– Bien sûr. Je te suis »

Asher attrapa le champagne d'une main dans le seau à glace ainsi que les verres et de l'autre la petite glacière, il suivit Kira jusqu'à la mer. Il y avait quatre chaises de plage en bois blanc, chacune avec une pile de serviettes moelleuses posées dessus. Une tablette en bois blanc divisait les sièges en paires et Kira choisit un siège au milieu. Asher en choisit une de l'autre côté de la table, lui laissant un peu d'espace et leur permettant de poser leur champagne sur la tablette.

« Sympa, » dit Asher en remplissant leurs deux verres. Après une longue gorgée, il s'étira et se dirigea vers l'eau, plongeant sans hésitation.

Asher nagea un peu avant de faire demi-tour. Il fut surpris de voir Kira debout sur le rivage, les pieds dans l'eau. Il était évident par son expression qu'elle avait peur d'aller dans l'eau.

Asher laissa une vague le ramener vers le rivage, attendant de voir si elle surmonterait ses propres peurs. Mais, le temps qu'il soit à côté d'elle, ruisselant d'eau salée, elle n'avait fait qu'un pas de plus dans l'océan.

« Quel est le problème ? demanda Asher, essayant de ne pas montrer son amusement.

– Euh… j'ai juste commencé à penser à tous les poissons, à tous les requins, à toutes les méduses… dit Kira, le regard fixé sur l'eau à ses pieds. Ça va bien comme ça. Je me plais ici. C'est bon. Bien au sec. »

Kira poussa un cri quand Asher la prit dans ses bras, l'entraînant dans l'eau. Il la souleva et garda ses épaules hors de l'eau alors même qu'elle luttait contre lui.

« Asher ! Asher, non ! » cria-t-elle. Un instant plus tard, elle ne luttait plus mais s'accrochait à lui, les ongles enfoncés dans ses épaules.

« Je suis un prédateur bien plus gros et plus dangereux que tous les autres, je te promets, lui dit Asher.

– Asher, je ne sais pas nager ! » cria Kira, sa terreur apparente grandissant à vue d'œil.

Asher hésita un instant et passa un bras autour de sa taille pour la stabiliser.

« Que veux-tu dire ? demanda-t-il, étonné.

– Je veux dire que je ne sais pas nager ! Si tu me lâches, je vais me noyer ! hurla Kira.

– Ramène-moi au rivage !

– Je te tiens, dit-il, profondément choqué. Ne t'inquiète pas, je te tiens.

– Tu promets ? demanda Kira, son visage enfoui dans son cou.

– Bien sûr, dit Asher. Regarde, je te ramène où tu as pieds d'accord ? » Il se dirigea vers le rivage, où l'eau était profonde jusqu'à la taille et convainquit Kira de se tenir debout toute seule.

« Ce n'est pas trop horrible «, dit-elle après un moment, plissant les yeux en regardant l'eau.

Asher ne pouvait que rire. Kira, était toujours pleine de surprises.

Ils passèrent plusieurs heures comme ça, restant dans l'eau un moment puis retournant s'asseoir pour boire du champagne. Quand le soleil de l'après-midi commença à taper fort, Asher suggéra de retourner au kiosque pour déjeuner.

Ils remontèrent par la plage, Asher soutenant Kira car ils avaient chacun bu une bouteille et demi de champagne. De retour au kiosque, un superbe plateau les attendait, couvert de tapas et de fruits frais.

Ils se jetèrent sur la nourriture, affamés par leur matinée. Une fois repus, Asher entassa plusieurs couvertures sur l'un des futons et déclara que c'était l'heure de la sieste.

« Oui, tout ce champagne et cette pastèque fraîche, ça épuise, vraiment », dit Kira en haussant les yeux au ciel. Néanmoins, quand Asher s'étendit sur une moitié du futon, elle s'allongea à côté de lui sans broncher.

« On est bien, dit Asher, glissant son regard vers Kira. Ça pourrait être comme ça tout le temps, tu sais. »

Kira ricana.

« Aujourd'hui, c'est une journée irréelle, déclara Kira. On

a dû convenir d'une trêve juste pour être ensemble, Asher. Ce n'est pas la vraie vie.

– Et si on en faisait notre réalité ?, demanda Asher en se tenant sur son coude. On pourrait juste... acheter une maison, sur la plage quelque part. Prendre un nouveau départ. »

Kira l'observa une minute en silence. Ses lèvres se serrèrent et Asher comprit qu'elle n'allait pas lui faciliter la tâche.

« Alors, tu as changé d'avis ? demanda Kira, entrant en plein dans le vif du sujet. Décidé que soudain tu voulais une partenaire, que tu voulais te dévouer à quelqu'un ? Complètement ? »

Asher ouvrit la bouche, ne sachant pas comment répondre, et Kira haussa un sourcil.

« Ne me baratine pas, le prévint-elle. Dis-moi. Oui ou non, Ash. Veux-tu une compagne ? Tu me veux ?

– Ce n'est pas si simple, » soupira Asher.

Kira grogna de frustration et commença à se lever, mais Asher la retint en passant un bras autour de sa taille.

« Viens par-là, lui dit-il

– Asher, non ! On sait où ça mène. Tu viens de dire que tu ne veux pas de moi et je ne veux pas que mon cœur soit à nouveau brisé. Je ne sais même pas pourquoi tu t'es donné tant de mal si tu ne veux pas... Tu sais quoi ? Peu importe. Ramène-moi à Bâton Rouge. »

Asher n'écoutait rien, jamais, quand il s'agissait de Kira. L'attirant sur son corps, il l'installa à cheval sur ses hanches. Il se releva et baissa la tête jusqu'à ce que leurs lèvres se joignent, les capturant en un baiser brûlant.

Kira poussa un léger soupir et frotta ses hanches contre les siennes, leurs langues se rencontrant dans un doux moment d'exploration. Asher s'avança fermement contre elle, la laissant sentir chaque centimètre de son imposante érection, se servant de son corps pour exprimer ce que ses mots semblaient ne jamais pouvoir dire.

Sans même s'en rendre compte, Asher écarta le peu de tissu qui recouvrait le sein gauche de Kira. Son mont plein et crémeux tenait parfaitement dans sa main et la pointe rose se dressqa quand il la lécha.

Asher gémit contre sa peau douce, son désir augmentant rapidement, son ours rugissait faisant tout pour se libérer, cherchant désespérément à s'enfoncer profondément dans Kira et à la faire sienne.

Bien que cela le tuait presque, Asher cessa ses caresses et recula. Kira se mordit la lèvre et s'éloigna davantage pour se couvrir. Sa peau était rougie, ses lèvres gonflées et humides. Bon sang, ça faisait mal de ne pas aller plus loin, physiquement mal.

« Ce n'est pas une question de désir, déclara Asher après un moment, sa voix devenue rauque, comme tu peux voir.

– Oh, Asher, dit Kira en secouant la tête. Je ne parle pas de désir physique. Bon sang, si seulement ce n'était que ça. Je peux changer mon apparence extérieure, mais je ne peux pas changer qui je suis. C'est comment la chanson déjà ? *Je ne peux pas te forcer à m'aimer si tu ne m'aimes pas...*

– Ce n'est pas à cause de toi, » gronda Asher, lui tendant les bras et essayant de la ramener à lui. Kira repoussa sa main. « Tu ne comprends pas.

– Et tu ne peux pas t'expliquer ! Nous avons déjà eu cette conversation, Asher. Ce n'est pas la peine e revenir dessus.

Kira se leva et attrapa le sac avec ses vêtements. « Je vais me changer. Je veux que tu me ramènes à la maison. » Asher regarda la porte de la salle de bain claquer, se maudissant. La journée avait été si agréable jusqu'à ce qu'il pousse les choses trop loin. Et bien qu'elle lui ait donné l'occasion parfaite de lui dire pourquoi ils ne pouvaient pas être ensemble, Asher ne pouvait s'y résoudre. Serrant la mâchoire, Asher se leva et commença à rassembler leurs affaires. Le retour à la Nouvelle-Orléans allait être long et se faire dans un silence de plomb.

Kira s'agita dans son sommeil. Elle se réveilla progressivement, réagissant à un stimulus qui avait pénétré au plus profond de ses rêves. Quand elle ouvrit les yeux et s'assit, elle ne vit rien dans la chambre d'amis.

Qu'est-ce qui l'avait réveillée ?

Juste au moment où elle était sur le point de se retourner et d'essayer de se rendormir, elle entendit un son étouffé. Une voix basse, calme… mais à ne pas en douter, une voix d'homme. Elle l'entendit encore et encore, puis ce fut le silence. C'était Asher. Le son de sa voix était profondément enraciné dans le cœur de Kira. Il avait l'air… angoissé.

Se glissant pieds-nus hors du lit dans sa chemise de nuit trop grande, Kira se dirigea vers le couloir. Il n'y avait plus un bruit maintenant et Kira se demanda si elle l'avait imaginé. Après tout, elle n'avait pas vu Asher depuis plusieurs jours. Après leur dispute à la plage, Kira avait essayé de le trouver, mais en vain. Cairn, le chat noir fort bavard de Mère Marie, avait semblé plus qu'heureux d'informer Kira qu'Asher s'était porté volontaire pour une double patrouille, ce qui signifiait qu'il partait du Manoir quinze heures par jour, et ce, tous les jours.

Kira allait retourner dans sa chambre, pensant qu'Asher était déjà parti et qu'elle imaginait des choses. Avant qu'elle ne puisse faire un autre pas, elle l'entendit encore. Douce mais pressante, sa voix l'attirait comme un aimant.

Elle se glissa jusqu'à la porte d'Asher et colla son oreille au bois. De là-bas, elle pouvait l'entendre… Asher parlait dans son sommeil, mais ses paroles n'étaient pas intelligibles. La bouche sèche, Kira tourna la poignée et ouvrit la porte. Sa chambre était sombre, la seule lumière était le clair de lune par la fenêtre et il n'y avait aucun moyen de s'assurer qu'il allait bien depuis la porte. Inspirant profondément pour se calmer, Kira se dirigea vers son lit. Enfin, elle put voir Asher, empêtré dans ses draps, quelques rayons de lune éclairaient son visage.

« Kira, non, » murmura Asher, la faisant tressaillir. Elle commença à reculer, mais Asher marmonna quelque chose d'autre. Se mordant la lèvre, Kira se pencha pour le voir de plus près. D'après ce qu'elle pouvait voir, il était vraiment bien endormi.

« Asher ? » demanda-t-elle doucement, « ça va ?» Il bougea, tourna son visage vers le son de sa voix.

« Ne pars pas, Kira. Ne pars pas » haleta Asher. Sa voix était tendue, sa douleur évidente et cela lui fit mal au cœur.

Il tendit une main à l'aveugle, essayant de saisir… Kira mit sa main dans la sienne, comme une imbécile.

« Kira !» cria Asher. En un éclair, Asher la tira par la main et la fit basculer sur le lit violemment. Se retrouvant face à son partenaire de vie, Kira eut du mal à respirer tant Asher la serrait fort dans ses bras.

« Ash…

– Je t'aime » déclara Asher, ses lèvres cherchant les siennes.

Kira se raidit dans ses bras, mais Asher était perdu dans son désir. Son baiser était affamé et exigeant, même s'il ne savait probablement pas qu'elle était là. Et sa déclaration d'amour…

Asher relâcha la prise qu'il avait sur elle, caressant de sa paume sa cuisse, sa hanche, et il passa sous sa chemise de nuit. Kira était trop surprise pour lui résister et sa langue caressait la sienne. Il pris sa poitrine en coupe, ses doigts taquinant son mamelon, envoyant des vagues de chaleur brûlante dans tout son corps. Son désir était tel qu'elle en avait mal entre les cuisses, son sexe s'humidifia quand Asher la toucha et l'embrassa.

Une partie d'elle savait que c'était mal de le laisser faire cela alors qu'il dormait. D'un autre côté, elle était en feu et voulait qu'il la touche de manière plus précise. Bon sang, elle voulait vraiment qu'il la touche, la fasse jouir comme lui seul pouvait.

La main d'Asher quitta sa poitrine et descendit le long de son ventre, la caressa du bout des doigts par-dessus sa fine culotte en coton. Un seul doigt épais s'enfonça légèrement à travers le tissu, pour caresser ses lèvres ; elle s'enflamma.

« Mon dieu, Kira, tu es tellement sensuelle, gémit Asher. Je t'ai attendue si longtemps mon amour. »

Kira se mordit la lèvre et l'observa de plus près, essayant de savoir s'il avait la moindre idée de ce qui se passait. Ou était-ce juste un rêve agréable pour lui ?

Curieuse, elle repoussa le drap qui recouvrait son torse et ses jambes. Kira sut surprise quand elle le trouva nu et très excité, son sexe tendu fièrement vers le nombril. Elle l'avait déjà vu, bien sûr, mais quand elle était plus jeune, elle était beaucoup trop timide pour explorer son corps incroyable. Elle n'avait touché son sexe que quelques fois et, même dans ces moments-là, Asher s'éloignait, voulant faire durer le plaisir.

Pourquoi ? Elle se demandait maintenant.

Asher continua de la taquiner, alternant coups de langues et pincement de ses mamelons et passant ses doigts sur son sexe à travers sa culotte. Léchant ses lèvres nerveusement, elle tendit la main et encercla son sexe de ses doigts, souriant quand il poussa un soupir étranglé et qu'il retira sa main.

Resserrant ses doigts autour de son sexe épais, Kira entama un lent mouvement de va-et-vient.

« Putain ! dit Asher son corps tendu à l'extrême. Ça fait du bien. »

Il lui enleva sa culotte, arrêtant ses taquineries, et chercha sa bouche pour l'embrasser encore. Kira frissonnait de plaisir sous ses caresses : Asher trouva son clitoris et traça de doux cercles autour, ce qui la rendit folle. La sensation de sa queue palpitant dans sa main pendant qu'elle le caressait, elle n'avait qu'une idée en tête : qu'il la pénètre, l'étire et la remplisse complètement, la faisant crier de plaisir et de douleur ; son baiser insistant, sa langue tout contre la sienne, ses lèvres étaient magiques.

Le corps d'Asher se tendit, le bout de son sexe humide était de liquide séminal et Kira adorait cela. Elle voulait le faire jouir, ou qu'il la baise, ou…

Asher grogna et attrapa sa main, l'éloigna de lui alors qu'il était de toute évidence, sur le point de jouir. Il tînt la main de Kira au-dessus de sa tête, la maintenant immobile.

Quand Asher pressa deux longs doigts dans son puits d'amour, Kira cria. Elle n'avait pas été touchée comme ça depuis longtemps, si longtemps qu'elle avait oublié à quel point cela pouvait être bon. Asher la pénétra et se retira, encore et encore, son pouce encerclant son clitoris.

Il fit monter son plaisir… Kira leva les hanches vers lui, se mordant la lèvre pour retenir le cri qui était coincé dans sa gorge. Elle brûlait. De la lave en fusion coulait dans ses veines, menaçant de la consommer toute entière.

Kira se cambra quand elle jouit, son corps se crispant et se contractant autour des doigts d'Asher. Elle était perdue, en train de tomber, libre, légère… Cela semblait ne jamais devoir s'arrêter.

Quand son orgasme s'estompa, Asher la couvrit de baisers passionnés le long de son cou, la faisant frissonner. Le moindre contact de sa part la rendait folle de désir renouvelé.

« Asher, tu es réveillé ? » Demanda Kira, ses mots sonnant comme une plainte. Elle avait besoin qu'il soit éveillé, qu'il ne fasse qu'un avec elle. Elle voulait être sous lui, ses ongles se plantant dans son dos alors qu'il la remplissait de sa semence. « Asher ? »

Asher marmonna des mots inintelligibles, l'encerclant d'un bras et l'attirant contre lui. Il était toujours dur, sa queue épaisse contre sa cuisse, mais Kira pouvait sentir qu'il ne lui demandait rien.

« Ma partenaire, répondit Asher, ses lèvres effleurant sa clavicule, mmmh, à moi, ma Kira ».

Il roula sur le dos, attirant Kira contre lui. Kira soupira, ne voulant pas penser aux conséquences. Il lui avait donné du plaisir, mais elle ne savait pas à quel point il était conscient lors de l'acte.

« Tu seras ma première. »

Kira fronça les sourcils et leva les yeux vers Asher. Qu'est-ce qu'il venait de dire ? Sa bouche se tordit alors qu'elle essayait de comprendre. Elle avait dû mal entendre.

Après ce qu'il venait de lui faire ressentir avec ses doigts, Kira était absolument certaine qu'Asher avait une vaste expérience des femmes. Elle posa sa tête sur son épaule en prenant soin de ne pas s'endormir. Bien vite, Asher se relaxa, semblant enfin sombrer dans un sommeil profond. Il resta silencieux, sûrement repu de plaisir.

Ce n'est que lorsque le clair de lune fit place à la pâle lumière de l'aube que Kira sortit de son lit et est revint dans le sien, le cerveau en émoi, plein de questions et d'incertitudes.

sher était allongé sur le dos, fixant le plafond de sa chambre. En ce moment, il essayait d'avoir un petit tête-à-tête avec sa libido, une timide tentative afin de se calmer assez pour arriver à dormir. Il roula sur le côté en maugréant, les draps de lit en soie caressant sa peau nue, le tourmentant. Le problème, ce n'était pas que la douceur des draps, ils sentaient aussi comme Kira quand elle était excitée. Il lui était impossible de dormir avec son parfum sous le nez, cela lui faisait penser à toutes les façons dont il voulait la baiser. Toute la semaine passée, il avait réussi à s'épuiser entre les patrouilles et les entraînements avec les autres gardiens. A tel point que Rhys avait ordonné à Asher de prendre sa journée et de se reposer.

Asher aurait préféré ne pas avoir obéi à Rhys. Il dormit tout l'après-midi, donnant à son corps qui tombait de sommeil ce dont il avait besoin. Maintenant, que ce besoin avait été comblé, les hormones d'Asher étaient en déroute, faisant de sa vie un enfer. Laissant échapper un soupir, Asher empoigna son sexe. Depuis que Kira était arrivée au Manoir, il avait résisté. C'était atroce, sachant qu'elle était si proche.

Mais maintenant, il commençait vraiment à s'inquiéter de l'état de ses couilles, puisqu'il était en gros en érection constante depuis deux semaines.

Il avait besoin de lâcher du lest. Serrant la mâchoire, Asher se masturba, faisant un mouvement de va et vient sec et rapide. Les désirs d'Asher étaient bruts, primaires. Ces désirs une autre raison pour laquelle il ne s'était jamais remis avec Kira à Union City. Elle était douce et vierge et elle n'avait pas mérité d'être traitée, baisée comme il le voulait désespérément.

Penser à Kira torturait l'esprit d'Asher et il imaginait toutes les façons dont il voulait la baiser, à quel point il voulait s'enfouir dans son corps serré, comment il lui ferait crier son nom. Asher entendit soudain un son et ouvrit un œil, se demandant si Cairn s'était encore immiscé dans sa suite. Mais non, à moins de cinq mètres, Kira le regardait comme s'il avait cultivé plusieurs têtes et parlé Araméen.

Asher immobilisa sa main et pendant un moment il eut vraiment honte. Son ours savait que Asher n'était censé jouir que quand Kira jouissait et Asher soupira de dégoût. Puis il reprit ses esprits : Kira était dans sa chambre, au milieu de la nuit, de son plein gré. Quelque chose ne tournait pas rond et c'était la faute de sa blonde et sexy partenaire de vie.

« Désolée, bégaya Kira, tournant sur ses talons, je m'en vais.

— Attends une seconde, gronda Asher, se levant du lit cul nu, revient ici.

— Non, ça va... »

Kira cria de surprise quand Asher l'attrapa et l'amena à son lit, la lança sur le matelas. Il resta debout, les bras croisés, à la regarder avec colère.

« Pourquoi es-tu dans ma chambre Kira ? »

Kira se mordit la lèvre et cela le distrait un moment

« Eh bien, je me suis dit... enfin, j'espérais... elle s'arrêta de parler, avec un air coupable. Tu ne te souviens de rien, n'est-ce pas ? »

Asher inclina sa tête sur le côté, essayant de comprendre.

« Je suis sensé me souvenir de quoi ? » demanda-t-il, sa colère montait. Kira était là, sur son lit. Il ne pouvait s'empêcher de la dévorer du regard et il pouvait *sentir* son excitation. Et pourtant, ils avaient cette conversation stupide, au lieu de s'adonner à leur désir. Son besoin, dans son cas à lui.

« Euh... Kira évitait son regard.

– Est-ce que cela a quelque chose à voir avec le fait que ton odeur est imprégnée dans mes draps ? Hein ? » Asher s'agenouilla à côté du lit et saisit le poignet de Kira.

« Oui, dit-elle, les yeux pleins de larmes. Tu as fait un rêve... Tu m'appelais. Alors, je suis venue. Et on, tu... »

Asher ne savait pas s'il devait rire ou pleurer au vu de son expression.

« Qu'est-ce que j'ai fait au juste ? » demanda-t-il, mais il en avait bien une petite idée car le fort parfum du désir musqué de Kira ne lui échappait pas.

« Tu m'as embrassée, m'a touchée » dit-elle, se libérant de son étreinte. Elle ramena ses genoux vers sa poitrine, les joues rouges. « Tu ne me laissais pas te ... faire jouir. J'ai pensé, j'ai pensé que c'était peut-être le seul moyen pour que tu sois avec moi... mais apparemment, même dans ton sommeil, tu ne veux pas de moi ».

Elle essuya une larme qui coulait sur sa joue, l'air triste. Asher se leva du lit et grogna, essayant de faire face à cette folle conversation.

Kira ne pensait pas qu'il la désirait, c'était pénible à regarder.

Le pire dans tout ça, c'est qu'elle avait une bonne raison pour ça ; Asher était responsable de cela.

Il avait détruit quelque chose en elle, alors que sa vie débutait et cela l'avait laissée comme un papillon avec une aile abimée. Il se retourna et attrapa un caleçon qu'il mit avant de retourner sur le lit. Ce n'était pas le genre de conversation à avoir en étant complètement nu.

« Kira, viens ici », dit-il, en s'asseyant à côté d'elle. Elle sursauta légèrement et détourna le regard, mais Ashe s'approcha et luit prit la main, entrelaçant ses doigts au siens. « Regarde-moi, chérie. »

Du bout des doigts, il lui fit tourner la tête vers lui.

« S'il te plaît, ne pleure pas, Kira, dit Asher. Ça me tue.

– Qu'est-ce que je suis censée faire, Asher ? » Kira planta son regard dans le sien, essuyant ses larmes avec sa main libre. « Comment suis-je censée me sentir ?

– Je ne sais pas comment le dire autrement. Il n'y a rien qui cloche chez toi, Kira. Je ne suis pas dégoûté par toi, ni par ta personnalité, ni ton corps ni autre chose. Quoi qu'il en soit, tu m'obsèdes » dit Asher bouillonnant de colère. Colère contre lui-même, colère face à leur situation. « Je n'ai jamais été avec personne d'autre, tu le sais ? Je n'ai jamais fait plus que ce qu'on a fait les nuits passées. »

Les yeux de Kira rencontrèrent les siens, pleins de surprise. Il pouvait voir qu'il l'avait choquée.

« Quoi ? réussit-elle à articuler

– Oui, dit Asher l'air sérieux. Il s'avère qu'une fois que j'ai trouvé ma compagne, que je ne peux pas… aller jusqu'au bout avec une autre. Je ne supporte pas que d'autres femmes me touchent, même si c'est ton visage que je vois tout le temps. Je ne peux même pas me masturber sans fantasmer sur toi. C'est pathétique. »

La bouche de Kira était grande ouverte et si Asher n'était pas si en colère, il aurait ri.

« Tu es contente maintenant ? demanda-t-il. Tu es ma compagne de vie, putain. Bien sûr que je te veux. Je n'ai pas le choix et je n'en veux pas. Je te veux toi, juste toi.

– Alors pourquoi m'as-tu quittée ? demanda Kira, la voix brisée. Tu m'as quitté, Asher. Tu m'as laissée seule putain… ».

Asher savait qu'il ne pouvait pas lui dire ce qu'elle voulait entendre, il ne pouvait pas lui dire qu'ils pouvaient être ensemble. Ce serait tellement dangereux et égoïste, de dire ses mots. Il l'embrassa. Durement, profondément et avec désir.

« Je ne peux pas te promettre l'éternité mais je peux te promettre ici et maintenant, lui dit-il quand il eût cessé de l'embrasser. Cela suffira-t-il ?

– Non, » murmura Kira, alors même qu'elle passa les bras autour de son cou et lui tendit les lèvres. Ses ongles effleurèrent son cuir chevelu et son cou, sa langue rencontra la sienne en un ballet langoureux. Kira se dégagea un instant, arracha sa chemise, puis retira le caleçon d'Asher.

– Kira, es-tu sûre…

– Tais-toi » dit-elle, posant la main sur sa joue et l'embrassant dans le cou.

Quand Kira le repoussa contre le lit et se mit à califourchon sur ses hanches, Asher était presque certain qu'il rêvait encore. Quand elle saisit sa queue et le guida en elle, centimètre par centimètre, Asher crut qu'il était en train de mourir.

Kira commença un va-et-vient lent et sensuel, le détruisant, le brûlant, lui prenant tout.

Le libérant.

Asher attrapa ses hanches, la regardant alors qu'elle rejetait sa crinière blonde en arrière, ses seins tressautant. Il bougea avec elle, pistonnant en elle, savourant chaque centimètre de sa chaleur sublime et humide. Fantasmes et réalité se mêlèrent et l'envahirent alors que son corps se tendait, il ne relâcha le contrôle qu'il avait sur lui-même que quand Kira et lui ne firent qu'un. Et leurs âmes aussi.

Son ours était déchaîné, rugissant pour jouir aussi, désespéré de la reconnaître comme compagne de vie, de la marquer pour toujours. Une petite partie d'Asher avait réussi à le retenir, à refuser cela à son ours.

Lorsque Kira explosa, criant son nom alors que son corps était parcouru de secousses et serrait étroitement le sien, Asher fut perdu. Pendant de longs moments, il n'était plus Asher. Elle n'était pas Kira. Ils étaient à la fois tout et rien. Un petit flocon dans le cosmos, un éclat de lumière brillante dans un univers en train de mourir.

Asher cria sa jouissance, son corps se désagrégeant. Kira s'effondra sur lui, essayant de reprendre son souffle. Asher la tînt juste là, paralysé et savourant le moment.

Même quand ses larmes refirent surface, quand il sentit leur chaleur humide sur sa poitrine, Asher ne bougeât pas. Il la réconforta de la seule façon possible, il n'avait pas les mots qui lui procurerait la paix.

Alors que ses yeux se fermaient, une petite partie de lui sut qu'à son réveil, elle serait partie.

CHAPITRE 8

« **O**ù vas-tu ? »

Kira s'arrêta, la main sur la poignée de la porte d'entrée. Asher avait un sens surnaturel pour toujours s'avoir où elle se trouvait, semblait-il. Elle avait attendu qu'il se rende au gymnase pour s'entrainer avec Gabriel, l'avait regardé se changer et s'entrainer à manier l'épée.

Et pourtant, il était là, juste sur ses talons. Dans le passé, elle l'attendait, se demandait où il pouvait être, ce qu'il pouvait faire. Maintenant, elle ne pouvait plus s'en débarrasser, y compris pour faire un truc personnel.

« Je dois sortir », dit-elle. Elle n'avait pas la force de le regarder, encore moins de se disputer avec lui. Leurs relations étaient fragiles depuis qu'ils avaient fait l'amour quelques jours auparavant et Asher semblait incapable de la perdre de vue. Ainsi soit-il.

« Je viens avec toi, dit-il.

– Très bien. » Kira se dirigea vers la porte d'entrée, les clés du 4x4 Mercedes des Gardiens en main. Le soleil était haut et brillant, la journée venteuse et le fond de l'air était frais. L'automne arrivait à la Nouvelle-Orléans, bannissant la chaleur de l'été. Cela plaisait à Kira.

À sa grande surprise, Asher ne fit aucun commentaire sur son humeur. Il s'installa dans le siège passager patiemment et lui donna de l'espace. Kira mis en route le système de navigation et programma l'adresse qu'elle avait cherchée plus tôt.

Le trajet en voiture fut silencieux, ce qui était parfait. Après quinze minutes de route, Kira gara la voiture dans un ancien cimetière aux imposantes portes en fer forgé. Tout autour de la route non bitumée, des cryptes en ruine et des statues de chérubins sans visage se dressaient pour former une haie d'honneur apparemment sans fin, les escortant au fur et à mesure de leur progression.

Kira vérifia son téléphone et se dirigea vers le centre du cimetière. Les mausolées se firent plus rares et cédèrent la place à des pierres tombales plus petites, puis à des plaques mal conservées. Kira déglutit, se souvenant assez bien de cette scène. Elle n'était pas venue là depuis ses treize ou quatorze ans, mais cet endroit était gravé dans sa mémoire.

Quand elle finit par garer le 4x4 et en sortir, Kira prit une profonde inspiration. Asher fit le tour de la voiture, son expression fermée. Elle s'attendait à ce qu'il soit surpris, peut-être qu'il lui demande pourquoi ils étaient dans un cimetière.

Au lieu de cela, il lui tendit la main.

Kira la prit, secouant la tête pour retenir ses larmes. Elle n'était même pas encore arrivée à la plaque. Asher la surprit une nouvelle fois passant en premier, contournant une grande partie des plaques commémoratives en ciment et se dirigeant droit vers celle où voulait aller Kira. Elle ne put se résoudre à demander comment il le savait, sa bouche était devenue sèche.

Asher s'arrêta et lâcha sa main, désignant un marqueur

situé à quelques mètres. Kira s'y rendit stupéfaite, baissa les yeux et trouva ce qu'elle cherchait.

Hudson, était écrit sur la plaque. Pas de prénoms. Pas de « *en mémoire de.* »

La tombe commune de ses parents n'était visible que sur son radar, invisible et négligée par les autres. Kira retint sa respiration alors qu'elle les regardait, ressentant la sensation familière de mille questions sans réponse qui se bousculaient dans son esprit, et lui emplissaient le cœur.

Ici reposait sa mère, la femme qui était décédée, laissant Kira à son père. Lorsque Grand-mère Louise amena Kira dans son enfance, elle avait mis un point d'honneur à commémorer les deux parents de Kira, laissant croire à Kira que les restes de son père étaient également présents.

Ou perdu en mer, dans un tragique accident sur une plate-forme pétrolière.

Maintenant, elle n'en était plus aussi sûre. Sa grand-mère avait protégé Kira de beaucoup de choses, même de ses propres capacités magiques naissantes. Peut-être que le père de Kira, affligé de chagrin et devant s'occuper d'un jeune enfant, était tout simplement allé chercher du lait et n'était jamais revenu. La grand-mère de Kira avait toujours pleuré ouvertement sa fille, son chagrin était palpable. Même enfant, Kira n'avait posé aucune question, ne voulant pas faire de mal à Grand-mère Louise.

Kira souhaitait, plus que tout maintenant, avoir posé la question. Une boule se forma dans sa gorge en pensant à sa grand-mère et elle pensa qu'elle n'aurait peut-être dû venir ici et plutôt aller sur la tombe de sa grand-mère à Union City. La femme qui était toujours là pour elle, qui l'avait toujours aimée.

C'était la personne qui méritait son respect.

Kira se détourna de la tombe, luttant contre les larmes qui lui montaient aux yeux, sa colère muette serrant sa gorge.

Elle vit un banc de pierre derrière le sentier et courut à moitié vers lui, soupira en s'effondrant dessus. Elle se prit la tête dans les mains.

Pour la deuxième fois en peu de temps, Kira pleura. Les sanglots ravagèrent son corps jusqu'à ce qu'elle ait mal, puis se calmèrent. Asher prit place à côté d'elle et posa une main sur son dos, la réconfortant, lui caressant les cheveux. Kira laissa tout son chagrin sortir, jusqu'à ce qu'il ne reste plus rien, aucune tristesse à exprimer.

Après un moment, elle s'essuya le visage et leva les yeux, regardant la tombe de ses parents. Une seule question brûlait dans son esprit maintenant et elle ne concernait pas ses parents, mais son compagnon.

« Comment sais-tu où ils sont enterrés ? » demanda-t-elle, ne regardant pas Asher, même si ils n'étaient séparés que de quelques centimètres.

Asher s'éclaircit la gorge et se renversa en arrière. Il resta silencieux assez longtemps, assez longtemps pour que Kira pense qu'il ne répondrait pas. Elle le regarda et fut surprise de voir un tumulte d'émotion sur son visage. Il se frotta le visage avec une main.

« Je suis plus vieux que toi, dit-il.

– Je sais. » Kira lui jeta un regard étrange.

« Non, je veux dire… beaucoup plus vieux. J'ai cinquante ans de plus que toi, » dit Asher.

Les sourcils de Kira se haussèrent.

« Quoi ? Non, tu as seulement… » Elle s'arrêta, réfléchissant à la question, puis reformula sa pensée. « Tu as vieilli plus lentement que moi.

– Beaucoup plus lentement, dit-il avec un soupir. J'ai grandi à Union City, quand c'était beaucoup plus rural. Quand les gens ont commencé à s'installer en ville, ils ont remarqué que je ne vieillissais pas. Alors j'ai déménagé.

– Où ça ?

– Je suis allé à Atlanta, à New York et à St. Louis. Beaucoup d'endroits. J'ai gagné beaucoup d'argent sur le marché boursier, déclara-t-il en baissant les yeux. Je revenais de temps en temps pour voir ma famille. Ma sœur avait pas mal d'enfants, alors je me suis arrangé pour qu'ils ne soient pas dans le besoin. C'est comme ça que je t'ai rencontrée : lors d'une visite à ma famille. »

Kira inspira et souffla doucement.

« Ça ne répond pas vraiment à ma question

– J'y viens, dit Asher, je connaissais ta grand-mère, comme ça, en passant. Elle était Kith, ta mère aussi. C'étaient quelques-unes des rares personnes qui me connaissaient, savaient ce que j'étais. J'ai même rencontré ton père une fois, juste après le mariage de tes parents. Puis je suis reparti, j'ai sillonné l'Europe pendant un moment. Quand je suis revenu, je t'ai rencontré. En fait, pour être honnête, je t'ai vue deux ans avant que tu ne me rencontres. Tu étais si jeune et j'avais tellement envie de toi. Alors, je suis parti et j'ai attendu ».

Kira resta bouche bée devant lui, incapable de former des mots ou des pensées. Asher n'ajouta rien et Kira réussit finalement à prononcer une phrase cohérente.

« Tu… tu connaissais mes parents. Tu connaissais ma grand-mère, a-t-elle répété.

– Oui. Pour ce que ça vaut, Miss Louise était une femme comme on n'en fait plus. Elle m'appréciait aussi. Elle a donné son accord pour notre relation quand elle l'a apprise ».

Kira avait les yeux qui sortaient de ses orbites.

« Tu ne m'as jamais dit ça ! dit-elle en lui donnant un coup de poing sur le bras. Bon sang, Asher ! Pourquoi n'as-tu rien dit ?

– Peu importe ce que j'ai dit. Notre destin était scellé dès que j'ai posé les yeux sur toi, et rien ne pouvait changer cela.

– Qu'est-ce que cela veut dire ? cria Kira, clairement frustrée.

– Ta grand-mère était merveilleuse, mais il y a des choses qu'elle ne t'a pas dites. Des choses vraiment importantes, à propos de tes parents. Elle m'a fait promettre de garder le silence, donc je l'ai fait… Mais je vais tout te dire, si tu veux vraiment savoir.

« Bien sûr que je veux savoir putain ! Je veux tout savoir ! dit Kira, la fureur lui faisant hausser sa voix.

– Ca ne te fera pas te sentir mieux, dit Asher, d'une voix neutre.

– C'est à moi de décider, pas à toi et à grand-mère Louise, dit Kira, déconcertée. Je ne suis plus une gamine, Asher. Dis-moi !

– Ta mère était une sorcière blanche. Spécialisée dans la fertilité, elle fabriquait des potions et des breloques pour aider les femmes de la région à avoir les bébés qu'elles souhaitaient. Elle était très populaire, elle n'a jamais fait de mal à une mouche. C'était la personne la plus douce du monde. Asher fit une pause et inspira. C'était une âme pure, tout comme toi.

– En étant si pure, elle attirait beaucoup d'âmes plus sombres. Elle était un aimant à problèmes. Ton père n'était pas une bonne personne. Loin de là. Mais il vit ta mère et en tomba amoureux au premier regard, et rien au monde ne l'aurait arrêté. Ta mère était si jeune et adorable, elle ne savait pas… »

Asher s'arrêta et Kira dut lui donner un coup de coude pour qu'il continue.

« Tu as tes pouvoirs parce que la magie blanche de ta mère est en équilibre avec la magie destructrice et chaotique de ton père. Ton père s'appelle Rezeal et c'est un archange de la mort. »

Asher fit une pause, laissant Kira digérer ces informations.

« Mon père ? murmura-t-elle, estomaquée. Mon père est vivant ? »

Asher fit un geste incertain.

« En quelque sorte. On ne peut pas tuer un archange, peu importe la noirceur de son âme. Ta mère a été tuée par un seigneur de l'enfer, l'un des plus puissants démons vivants. Le démon essayait de s'en prendre à ton père et a tué ta mère à la place.

– Rezeal… ne fut plus jamais le même après ça. La mort de ta mère l'a corrompu, a rendu caduque tout bien en lui. Tu étais la seule personne au monde à ne pas avoir peur de lui, car tu savais qu'il t'aimait. »

Kira sentit une autre larme couler sur son visage, bien qu'elle ne réalisait pas qu'elle pleurait encore. C'était tout ce qu'elle faisait ces jours-ci, semblait-il.

« S'il m'aimait, pourquoi est-il parti ? » Elle entendit le ton pathétique de sa voix, elle redevenait la petite fille de cinq ans, voulant savoir et comprendre, se demandant ce qu'elle avait fait de mal.

« Il s'est tourné contre toi un jour, dit lentement Asher, les poings serrés. Ta grand-mère m'a raconté sa version de l'histoire et, apparemment, elle l'a chassé après qu'il t'ait frappée lorsqu'il était ivre et fou de rage. Tu étais à peine assez âgée pour te protéger.

– Grand-mère Louise avait assez de magie pour tenir un archange à l'écart ? demanda Kira, méfiante. Elle pouvait à peine jeter des sorts.

– Je pense qu'elle a utilisé la majeure partie de sa magie pour te protéger. En fin de compte, ton père a trouvé un moyen de revenir à Union City. C'était juste après que je t'ai vue pour la première fois, quelques jours après. Je t'ai suivie et j'ai vu ton père te suivre. Il m'a fait face, m'a dit … eh bien, tu n'as pas besoin d'entendre ça. C'était atroce, dégoûtant. Kira… il allait te faire du mal. »

Quand Asher la regarda, ses yeux noirs comme l'ébène, Kira comprit.

Il lui avouait tout.

« Je suis désolé, Kira. Je sais que c'était ton père, mais je ne pouvais pas... Asher émit un son douloureux. Je ne pouvais pas le laisser s'approcher de toi. J'ai cherché quelqu'un qui pouvait le faire disparaître... c'est ainsi que j'ai trouvé Mère Marie. C'est la raison pour laquelle je lui suis redevable tant qu'elle a besoin de mes services.

— Qu'est-ce que tu as fait ? demanda Kira, la voix tremblante.

— Avant, j'étais un vrai métamorphe, déclara Asher avec un sourire amer. Je pouvais être n'importe qui, n'importe quoi. J'ai donné mon pouvoir à Mère Marie en échange de ta protection, Rezeal est incapable de détecter ta présence. Il te cherchera sans cesse sans jamais te trouver, ne jamais te faire mal.

— Je ne comprends pas. Tu peux toujours te transformer en ours, n'est-ce pas ?

— Elle m'a laissé cela, oui. Je pense qu'elle a eu pitié de moi, ce qui est quelque chose. Marie n'est pas souvent guidée par ses émotions. En tout cas, j'ai rempli mon contrat. Je me croyais si intelligent, si fort et je croyais avoir vaincu Rezeal. Alors qu'en fait, j'ai réduit ma propre vie à néant. »

Kira resta silencieuse un moment, réfléchissant.

« Tu n'es pas resté à l'écart, dit-elle.

— Pardon ?

— Toi et moi, on s'est rencontré, quand j'étais au lycée. Tu y es resté un moment, puis tu es parti. Si tu savais tout ça, pourquoi es-tu revenu ? demanda-t-elle, confuse.

— Ton père a compris que nous étions des compagnons de vie. Il s'est rendu compte que s'il me traquait, il te trouverait. J'ai commencé à voir certains signes de sa présence une semaine avant de quitter Union City. J'ai vite compris que je devais te quitter. Puis tu m'as regardé un soir, cette nuit-là dans mon lit, avant le feu de camp… Je ne voulais pas que tu tombes amoureuse de moi, comme moi je l'étais de toi. Ce n'était pas juste pour toi.

Le cœur de Kira bondit dans sa poitrine en entendant ces mots.

« Tu m'aimais ? demanda-t-elle, sa voix faible comme un murmure

— Je t'aime, dit Asher en détournant le regard. Je ne voulais pas que tu le saches mais je ne supporte pas que tu ne le saches pas. Tu me fais cet effet Kira, tu me rends… instable.

— Mon père peut-il nous trouver au manoir ? demanda lentement Kira, essayant de trouver un point positif à tout cela.

— Je ne suis pas sûr, admit Asher, ne rencontrant toujours pas son regard. Il est juste… il est tellement puissant, Kira, et il te veut tellement. Je ne peux pas prendre de risque. Même si la possibilité que tu sois blessée est minime, je ne le supporterai pas. Je ne pourrais pas vivre avec moi-même. »

Kira était dépassée. Il y avait trop de choses auxquelles penser, à considérer. À sa grande surprise, son sentiment le plus fort était tourné vers Asher pour avoir su porter ce fardeau seul tout seul, pendant si longtemps.

Il lui avait fait beaucoup de mal, mais il était évident qu'Asher s'était fait encore plus de mal. Tout ça dans le seul but de la protéger, de la seule manière qu'il savait le faire.

Asher sursauta quand Kira l'enlaça de ses bras, le serra contre elle et lui donna un baiser sur l'épaule.

« Je ne sais pas ce qui va se passer, dit-elle d'une voix étrangement calme. Je ne sais pas quand ou si nous devrons nous séparer à nouveau, et c'est un horrible sentiment. Mais je t'ai maintenant, et tu m'as. Peut-être… peut-être, juste pour ce soir... Peux-tu me ramener à la maison, m'amener dans ton lit ? »

Asher se tourna et l'embrassa et Kira put sentir toute la douleur, la faim et la peur en lui alors qu'il se perdait dans ses bras. Elle le comprenait parfaitement, tout comme elle comprenait maintenant son compagnon de vie. Il y avait une violente tempête autour d'Asher et de Kira, et ils étaient pris dans l'œil du cyclone, attendant que l'enfer se déchaîne.

Il était inutile de pleurer sur son sort, non ? Elle allait savourer chaque moment qu'elle passerait avec Asher.

CHAPITRE 9

Après trente heures passées à rattraper le temps perdu, c'est-à-dire en se disputant entre deux rapports sexuels à couper le souffle, Kira fit la moue quand Asher lui dit devoir partir patrouiller avec les Gardiens. Apparemment, il y avait un quatrième gardien, mais pour des raisons inexpliquées, le gars était parti en vacances. Du coup, Asher devait assurer les patrouilles sans quoi sur Rhys, Gabriel et leurs copains allaient être épuisés.

Kira se réveilla longtemps après qu'Asher se soit éclipsé, s'étira et sourit quand elle réalisa que chaque centimètre de son corps lui faisait un peu mal. Elle avait assuré, c'est sûr.

Elle passa une robe d'été en coton couleur gris tourterelle et se dirigea vers le passage secret, à la recherche de nourriture. Elle accepta un sandwich et une salade de la part de Duverjay, qui avait apparemment préparé tous les plats préférés de Kira.

Assise à l'îlot de cuisine en granit, elle gémit presque devant la qualité incroyable de la nourriture préparée par Duverjay. Une fois son estomac plein, Kira sirota une tasse de café français fraîchement préparé.

« Mon dieu, c'est si bon, soupira-t-elle. Duverjay, c'est du local ?

– Cela vient de la compagnie du café français, madame, lui dit Duverjay. Je pense que c'est un mélange mexicain du Chiapas issu de l'agriculture biologique ! »

Kira haussa un sourcil.

« Le café est l'une de mes passions, déclara Duverjay. La Nouvelle-Orléans possède certains des meilleurs torréfacteurs de café du pays, vous savez.

– Je vois, dit Kira avec un signe de tête. À son grand soulagement, Mère Marie fit une entrée avant que Duverjay ne puisse l'éclairer davantage.

« Ah, Kira. Tu as refait surface, dit la mère Marie en jetant un long regard à Kira.

– Euh... oui, marmonna Kira dans sa tasse de café.

– Asher m'a dit qu'il t'avait fourni des détails sur ton passé, dit Mère Marie, son regard scrutant le visage de Kira. En particulier sur tes parents.

– Ouais, soupira Kira. Apparemment, mon père est plutôt effrayant. Je suis condamnée, Asher est condamné. Etc. C'est tout ce à quoi j'ai pu penser depuis deux jours, alors je suis un peu chamboulée pour le moment.

– Je n'ai rencontré Rezeal qu'une fois, lorsque j'ai raccompagné Asher à Union City. Je n'aimerai pas le revoir, déclara la mère Marie.

Ses mots firent se retourner l'estomac de Kira. Mère Marie était terriblement puissante, d'après Kira. Quel genre de pouvoir possédait son père pour intimider une prêtresse légendaire vaudou ?

« J'espère que je n'aurai jamais cette chance, dit Kira avec un haussement d'épaules. Je ne sais pas ce que je suis censée faire d'autre. Quoi… fuir mon père, pour toujours, jusqu'à ce que je meure de causes naturelles. Combien de temps les ressusciteurs vivent-ils, en général ?

– Quelques centaines d'années au moins.

– Génial. Alors… je n'ai plus que… deux cent quarante ans ou plus à rester cachée ? Et je ne pourrai probablement même pas les passer avec Asher ? » Kira gémit et appuya son doigt sur ses tempes.

Mère Marie s'assit à côté de Kira à l'îlot de cuisine, croisant ses doigts et regarda Kira curieusement. « Je pense qu'il y a une bonne raison pour que tu aies été jetée sur le pas de notre porte par de mystérieux ravisseurs, déclara Mère Marie.

– Vous pensez que mon père a quelque chose à voir avec ça ? demanda Kira, surprise.

– Non. Une force de ténèbres grandit ici à la Nouvelle-Orléans, dirigée par un roi vaudou nommé Père Mal, déclara Mère Marie. Je crois qu'il est au courant de ta filiation. Je peux seulement supposer qu'il prépare quelque chose et qu'il était à l'origine de ton enlèvement.

– Quel but avait-il en faisant ça ? »

Mère Marie plissa les lèvres.

« Je n'en ai aucune idée. Peut-être pense-t-il pouvoir t'échanger contre Rezeal… Mais alors, pourquoi te laisser ici ? Cela n'a aucun sens.

– Vous pensez que Père Mal saurait invoquer Rezeal ? En supposant qu'il ait un but sinistre, dit Kira en inclinant la tête pensivement.

– Je suis sûre qu'il pourrait trouver un moyen, s'il le voulait. Il est intelligent et persistant.

– Le mystère de mon faux enlèvement devient encore plus énigmatique, n'est-ce pas ? dit Kira.

– Tout à fait. Je peux seulement imaginer que cela doit concerner Asher, je ne sais pas de quelle façon. Avec Cassie, Père Mal avait besoin d'elle pour retrouver Gabriel… » Marie leva les yeux au ciel, concentrée sur ses pensées.

« Pourquoi ? demanda Kira.

– Apparemment, quand il a perdu le contrôle de Cassie, Père Mal a réalisé qu'il pouvait contrôler l'Oracle en elle... mais une fois Cassie enceinte... ». Le regard de Mère Marie scanna le corps de Kira, qui pâlit.

« Je ne peux pas être enceinte, l'informa Kira. J'ai un stérilet. Ce doit être pour une autre raison.

– Eh bien, certaines créatures n'atteignent leur potentiel qu'une fois avoir eu un rapport avec leurs compagnons de vie. Je suppose que j'ai besoin de faire plus de recherche sur les ressusciteurs, mais c'est une possibilité. A moins qu'Asher et toi ayez consommé votre union à Union City...

« Non, dit Kira en secouant la tête. Je ne sais pas. Si mes pouvoirs avaient changé, ne pensez-vous pas que j'aurais déjà remarqué quelque chose ?

– Peut-être, dit Mère Marie avec un haussement d'épaules. Peut-être pas.

– Je suppose que cela restera un mystère, alors, déclara Kira.

– Nous allons trouver une solution, Kira. Tu ne courras pas pour toujours. » Mère Marie tapota maladroitement la main de Kira.

« Ça ne me dérange pas de me cacher, dit Kira en réfléchissant à voix haute. C'est juste... Je ne peux pas accepter le fait de devoir laisser Asher derrière. Rezeal peut le trouver à tout moment, le blesser. Il pourrait vraiment blesser l'un de vous. Asher a dit que mon père était déterminé à me retrouver. Il a un pouvoir presque infini. Il finira par trouver quelqu'un qui me connait et qu'il torturera jusqu'à ce qu'il lui dise ce qu'il veut savoir. Même s'il ne s'attaque pas d'abord à Asher, mon père le fera à un moment donné. C'est le chemin le plus direct pour m'atteindre.

– Kira... Je n'aime pas la tournure que prennent les choses, dit Mère Marie avec un froncement de sourcils. Rien n'est inévitable et Asher peut prendre soin de lui-même.

Nous avons trouvé une solution. Nous en trouverons un autre. »

Kira leva les yeux sur la sorcière plus âgée, lui souriant sans joie.

« Bien sûr.

– Ne pense pas pouvoir t'échapper et faire face seule aux méchants. Dieu sait que nous avons assez d'individus de cet acabit ici, déplora Mère Marie.

– D'accord », dit Kira en sirotant son café.

Mère Marie lui tapota encore une fois la main puis se leva pour partir.

« Ça va aller, » dit Mère Marie en partant, jetant un regard appuyé à Kira.

Kira hocha la tête, mécaniquement. Son cœur était toujours en émoi, son esprit toujours bouillonnant.

Rien n'allait vraiment bien et tant que la situation avec Rezeal n'était toujours pas résolue, cela ne s'arrangerait pas. Kira ne savait juste pas comment elle allait s'y prendre... pour le moment.

Plus tard dans la nuit, Rhys réunit tout le monde et annonça une nuit de repos pour tous les Gardiens. Mère Marie ne leur fournit pas beaucoup de détails, mais apparemment, elle avait trouvé des remplaçants pour patrouiller pendant la nuit, laissant tous les Gardiens actuels libres de se détendre pendant vingt-quatre heures.

Echo avait réussi à convaincre Rhys que les Gardiens avaient tous besoin d'une soirée ensemble, ce qui se traduisit en un dîner raffiné trop arrosé dans un restaurant haut de gamme appelé « Latitude 29 ». Kira emprunta une superbe robe de cocktail et des perles à Cassie, qui apparemment avait plusieurs placards bourrés de vêtements de marque.

Cassie elle-même était bien trop avancée dans sa grossesse pour porter ses vêtements flashy habituels, mais elle était plus qu'heureuse de pouvoir habiller Kira et jouer à la poupée.

Puis il y avait Asher. Kira ne l'avait jamais vu en costume, encore moins en smoking. Ainsi, lorsqu'il entra dans la chambre à coucher, en smoking bien ajusté avec un nœud papillon, la langue de Kira se déroula presque comme dans un dessin animé de Looney Tunes.

« Ça va ? » demanda-t-il en levant un sourcil. Il y avait un soupçon d'humour dans sa voix, tant l'émoi de Kira était évident.

« Très, très bien, dit-elle en rougissant.

— Assez bien pour que tu préfères aller au lit au lieu de sortir ? demanda-t-il, lui adressant un sourire taquin.

— J'ai des projets pour toi et ce smoking, dit Kira, mais plus tard, après notre sortie. Je n'ai pas visité la Nouvelle-Orléans ! Je veux voir le Vieux Carré le soir !

— Mmmmh… d'accord, dit Asher en la regardant avec gourmandise. Je dis seulement oui parce que t'es si sexy dans cette robe. Je suppose que je pourrais te parader un peu. »

Kira et Asher flirtèrent tout au long du repas, devenant de plus en plus physiques au fur et à mesure que les boissons coulaient à flots. Kira n'était pas trop inquiète à ce sujet, car les autres couples de Gardiens semblaient faire la même chose. Même Cassie, qui s'était abstenue de boire pour des raisons évidentes, était scotchée à Gabriel après le dîner.

Après avoir quitté « Latitude 29 », ils allèrent à pieds prendre un café près de Jackson Square, puis se dirigèrent vers le nord en direction de Rampart St, afin de prendre un taxi pour retourner au manoir. Les rues pavées du quartier français étaient mouillées par la récente averse, une brume collait aux balcons en fer forgé et diluait les couleurs criardes des bâtiments qui les entouraient. C'était calme et paisible, donnant à Kira une idée de ce qu'aurait pu être une promenade de fin de soirée à la Nouvelle-Orléans un siècle plus tôt.

Kira, bras dessus bras dessous avec Asher, s'appuya contre lui et respira son odeur masculine et épicée. Rien que de sentir son odeur mettait ses sens en émoi, ce qui aurait probablement dû l'effrayer.

Je l'aime, pensa-t-elle, en riant. Les deux autres couples prirent de l'avance, donnant à Asher et à Kira un peu d'intimité.

« Qu'est-ce qui est si drôle ? demanda Asher en la regardant.

– Ohhhhh, rien, dit Kira, dans un petit éclat de rire mêlé à un grognement.

– C'est mignon, dit Asher avec un sourire.

– Tais-toi. Tout ça c'est de ta faute. C'est toi qui m'as saoulée.

– Si je me souviens bien, c'est toi qui as insisté pour commander ce dernier verre de rhum, déclara Asher.

– Et toutes les autres boissons avant celle-là ?

– Je n'ai aucune idée de ce qui s'est passé, dit Asher, feignant l'innocence.

– Tu es vraiment trop beau dans ce costume, dit Kira, son cerveau sautant d'une idée à l'autre.

– Parle pour toi.

– Je ne porte pas de costume ! » cria Kira.

Asher secoua la tête et embrassa sa joue, la ramenant sur le trottoir. D'accord, peut-être qu'elle avait un peu trop abusé avec ce dernier verre.

Alors qu'ils se trouvaient à un pâté de maisons de l'endroit où ils pensaient pouvoir prendre un taxi, Asher ralentit et s'arrêta, retenant Kira d'une main.

Kira leva les yeux et vit que Rhys et Gabriel faisaient à peu près la même chose.

« Chut », prévint Asher en jetant un coup d'œil autour de

lui. Il guida Kira vers une porte cochère sur la droite dans un immeuble, la plaçant contre la porte d'une galerie d'art fermée par des volets.

Kira voulait regarder dans la rue, sa curiosité augmentant en même temps que son rythme cardiaque, mais Asher lui bouchait complètement la vue. La protégeant de son grand corps, mais de quoi ?

« Ne bouge pas d'ici, » gronda Asher par-dessus son épaule.

Kira se crispa quand il disparut, remontant la rue en direction des autres. Incapable de se contrôler, elle leva la tête. Elle haleta quand elle vit deux douzaines de personnes vêtues de robes sombres, le visage masqué par de grosses cagoules. Ils semblèrent glisser vers Asher, Gabriel et Rhys alors que les Gardiens se tenaient tous les trois au milieu de la rue. Alors que les créatures se rapprochaient, Kira put voir des auras rouges et noires épaisses planer autour d'elles, lui donnant la chair de poule.

Gabriel tenait une fine baguette d'argent, mais Asher et Rhys n'étaient pas armés. Le cœur de Kira bondit dans sa poitrine alors que les Gardiens se mouvaient en ne faisant qu'un, prêts à affronter leurs ennemis.

« Écho, lance un sortilège de camouflage ! » cria Rhys.

Sans attendre, Rhys s'accroupit et se transforma en un énorme et magnifique ours. Asher fit de même et Kira fut surpris par la beauté de sa forme d'ours. C'était un superbe Grizzly, ses crocs menaçants et sa fourrure hérissée le rendant encore plus impressionnant.

Asher et Rhys se précipitèrent sur les premières silhouettes habillées de noir alors que Gabriel restait en arrière, une lumière orange entourant ses mains pendant qu'il jetait un sort. Il commença à lancer des boules de feu sur les ennemis qui arrivaient, bien qu'ils semblassent à peine remarquer lorsque leurs robes se consumaient et s'enflammaient.

Les Gardiens repoussèrent créatures vers le haut du pâté de maisons et Kira pria qu'aucun groupe de touristes innocents ne vienne se mettre entre eux. Asher déchira un ennemi en deux et fut surpris lorsqu'il s'enflamma, ne laissant que des cendres sombres dans son sillage.

Kira se pencha en avant de la porte, attirant le regard d'Echo. Echo hésita, puis traversa la rue pour rejoindre une autre porte, probablement celle où se cachait Cassie. Retenant son souffle, Kira courut vers elle, se faufilant dans l'embrasure de la porte avec les deux autres femmes.

« Nous devons les aider, déclara Cassie, son expression tourmentée.

– Vous n'aidez personne. Tu dois rester en sécurité, dit Echo en baissant les yeux vers le gros ventre de Cassie.

– Je me sens tellement impuissante, cracha Cassie en secouant la tête.

– Je suis désolée de te le dire, mais tu ne peux juste pas courir seule pour te mettre à l'abri. Il y a peut-être plus de gars en robe de chambre au coin de la rue, déclara Kira. Écho, tu devrais aider Cassie à entrer. Il y a un bar au coin de la rue où vous pouvez vous mettre à l'abri.

– Nous pouvons toutes y aller, déclara Echo.

– Non. Vous deux, allez-y. Je vais appeler le Manoir pour demander des renforts et je vais suivre nos gars, déclara Kira.

– Oh, Kira... dit Cassie.

– Pas de discussion. Allez-y ! dit Kira en vérifiant que la voie était libre et en poussant les deux autres femmes vers la sécurité. Incinère tous ceux qui tentent de t'arrêter.

Après un dernier regard par-dessus son épaule, Echo attrapa le bras de Cassie et l'entraîna avec elle. Kira sortit son téléphone et envoya un texto à Mère Marie et à Duverjay, puis passa la lanière de son sac à main par-dessus sa tête et sortit du pas de porte.

Les Gardiens traversaient maintenant la grande intersection, entraînant les assaillants dans le cimetière. C'était bien pensé de les éloigner de tous les fêtards nocturnes du quartier français. Kira enleva les talons qu'elle portait et les laissa sur le trottoir pour filer à toute vitesse vers la silhouette de l'ours d'Asher qui s'éloignait.

Le temps qu'elle arrive à franchir le petit mur de béton blanc qui entourait le cimetière, le nombre de personnes en robe semblait avoir doublé. Gabriel s'était transformé et les trois ours étaient en train de lutter avec frénésie contre les personnes masquées qui arrivaient de gauche et de droite. Des colonnes de feu jaillissaient à chaque fois qu'ils en tuaient une et Kira sentait l'odeur nauséabonde de fourrure brûlée dans l'air épais de la nuit.

Elle resta en retrait et regarda, ne sachant pas comment les aider. La dernière chose qu'elle souhaitait était d'attirer l'attention sur elle-même et de devoir se battre contre l'une de ces créatures. Cela ne ferait que distraire les Gardiens, qui étaient déjà débordés.

Souhaitant avoir une baguette à la main, bien qu'elle ne sache pas comment formuler des sorts d'attaque, Kira se fraya un chemin à travers les tombes éclairées par la lune pour suivre le combat de loin. Dans le noir, il était difficile de distinguer les trois ours et elle avait du mal à identifier Asher depuis sa cachette, derrière une imposante crypte blanche.

Quand elle entendit un grognement de douleur, elle sut que c'était Asher. Quelque chose à l'intérieur d'elle s'agita alors qu'elle le regardait trébucher en arrière, l'un des attaquants à la robe sombre tenait une lame, dégoulinant du sang rouge d'Asher.

Pendant un moment, Kira sentit que quelque chose n'allait pas, physiquement, dans son corps. Comme si quelqu'un lui avait enfoncé un couteau dans le ventre, l'avait déchirée, avait arraché quelque chose de vital... la laissant froide comme de la glace, tremblante, sans comprendre. Elle sentit un voile gris s'abattre sur ses yeux et se demanda vraiment si elle était en train de mourir, ou peut-être était-elle déjà morte.

Au lieu de cela, ses mains essayèrent de saisir la brume qui descendait autour d'elle, aussi tangible que d'épaisses compresses de gaze devant son visage. Sans réfléchir, elle fourra ses mains dans le brouillard et le sépara, essayant de voir Asher.

Il y eût un énorme grondement dans le ciel et le sol à la fois, des éclairs jaillissant des dizaines de fois alors que la terre tremblait sous les pieds de Kira. Elle se sentait étrangement calme, comme si c'était parfaitement naturel. Comme si le tonnerre et le tremblement de terre étaient simplement une partie d'elle.

Puis elle les *sentit*. Des dizaines d'entre eux, même si elle avait du mal à comprendre ce qu'ils étaient. Des entités, rassemblées juste de l'autre côté du rideau de voile, s'amassant vers elle. Lui offrant de l'aide, cherchant son contact. La caressant, presque.

Kira plissa les yeux et elle distingua presque les contours fantomatiques à travers le rideau, des esprits stupides et faibles. Ils attendaient. L'appelaient. Prêts pour qu'elle... fasse quoi, exactement ?

« Pouvez-vous l'aider ? murmura Kira aux maigres créatures ténébreuses.

– Ordonne, maîtresse, lui sifflèrent-ils.

– Attaquez les créatures en robes, dit Kira. Détruisez-les! »

Le grondement retentit encore et, cette fois, Kira resta bouche bée. Les portes des cryptes sautèrent, quelques tombes expulsèrent de la terre. Le rideau devant ses yeux s'ouvrit et elle les vit.

Les silhouettes prirent vie. Enfin, pas vie, exactement. Non, c'était des morts-vivants.

Parce que Kira les avait appelés, les avait commandés.

Le cœur de Kira battit à tout rompre alors qu'elle regardait une vague de cadavres converger sur leurs ennemis avec un mouvement saccadé et artificiel, réduisant en miettes les créatures de leurs mains pourries et mordant les ennemis attaquant Asher et les autres Gardiens.

« Plus vite ! » ordonna Kira, et à sa grande surprise, les créatures redoublèrent de vitesse, ne trébuchant plus. Il devait y en avoir au moins cinquante maintenant, déchiquetant les ennemis gémissant et sifflant pendant qu'ils besognaient.

Même si leur vue la révulsait, Kira sentit une étrange excitation. Ces créatures étaient les siennes. Elles les avaient appelées, les avaient fait revivre, les avaient retournés contre l'ennemi. Son cœur se gonfla de fierté, alors qu'elle s'efforçait d'ignorer les avertissements d'une petite voix dans son esprit. Elle ne pouvait pas se concentrer, ne pouvait pas penser…

La minuscule armée de Kira détruisit le dernier des assaillants et un éclat de rire exalté lui échappa. Elle se sentait si forte, si puissante. Invincible. La sensation lui traversa les veines, elle planait comme jamais. Sa peau était tendue, son cœur battait de manière incontrôlée, son esprit débordait d'énergie.

Puis Asher émit un autre son douloureux. Les yeux de Kira s'ouvrirent brusquement, bien qu'elle ne se souvienne pas de les avoir fermés. Elle se leva, les bras écartés, embrassant le ciel nocturne.

Quand était-ce arrivé ?

Lorsqu'elle se focalisa sur Asher, elle vit que ses créatures avaient formé un cercle étroit autour des trois Gardiens, qui étaient collés les uns aux autres, grognant et griffant, essayant d'empêcher les morts-vivants de les attaquer.

« Stop ! » cria Kira, la peur serrant sa gorge.

Instantanément, les créatures s'évaporèrent dans une fine brume grise, gémissant et sifflant.

« Rentrez chez vous ! » grogna Kira, se sentant trahie.

La brume se leva et s'éloigna, tourbillonnant et s'enroulant de l'autre côté du rideau de pluie. Les créatures reprirent leur forme dans leur cage brumeuse et tendirent les bras à Kira en criant

« Maîtresse ! Maîtresse !

– Ferme-toi ! » cria Kira au rideau.

Rien ne se passa. Une main grise et ombreuse s'avança vers elle, lui saisissant le poignet. Elle se débattit, puis leva les yeux et s'immobilisa.

Sa grand-mère Louise la regardait, c'était bien elle, aucun doute là-dessus.

« Grand-mère ? cria Kira, des larmes se formant dans ses yeux. C'est bien toi ?

– Ne me cherche pas, Kira Louise, gronda sa grand-mère. Tu dois contrôler ton don, comme je l'ai fait.

– Tu étais une ressusciteuse ? demanda Kira, stupéfaite.

– Nous n'avons pas le temps », déclara sa grand-mère. Elle souleva un lourd paquet de tissu sombre et le poussa à travers le rideau. Kira l'accepta, observant le fantôme de sa grand-mère avec de grands yeux.

« Qu'est-ce que c'est ? demanda Kira.

– Ferme le voile, Kira. Ne me cherche pas, ni aucun autre esprit. Cette magie assombrira ton âme si tu n'es pas vigilante.

– Mais grand-mère…

– Je t'aime, Kira. Ferme le voile. »

Sa grand-mère lâcha le poignet de Kira et se fondit dans la masse de silhouettes grises et brumeuses. Même si Kira voulait la rappeler, voulait être rassurée, l'urgence dans le ton de sa grand-mère résonnait dans ses oreilles.

N'agissant que par instinct, Kira écarta les mains, puis les rapprocha d'un coup sec, refermant le voile.

Le silence retomba.

Toute l'énergie et le pouvoir qui l'avaient envahie disparurent en un instant du corps et de l'esprit de Kira. Kira fit un pas hésitant, puis un autre. Ses genoux lâchèrent. Elle se laissa tomber sur le sol, sans aucun contrôle, le tissu qu'elle tenait, un morceau de soie noire, flottant à ses pieds.

Tout devint flou, comme si un linceul avait été posé sur ses sens. Néanmoins, elle reconnut le toucher d'Asher quand il la prit dans ses bras.

« Ils allaient te faire du mal », marmonna Kira, ne sachant pas qui *ils* étaient. Que ce soit les attaquants en robes, ou les choses hideuses et mortes qu'elle avait fait sortir du sol. Ses pensées étaient troubles, elle était apeurée.

« Ce n'est pas grave, chérie. Laisse-toi faire ».

Sa voix venait de très loin, mais Kira était rassurée.

« Chut. Dors maintenant, Kira. »

Avait-elle parlé ?

Kira lâcha prise, sachant qu'elle était en sécurité avec Asher. Les ténèbres la tirèrent vers le bas, la traînant dans un vide béant et elle s'endormit.

CHAPITRE 10

Quand Kira ouvrit les yeux, Asher sentit son cœur palpiter de soulagement. Il était resté à ses côtés pendant près de deux jours et regardait sa poitrine se soulever et s'abaisser, son corps étendu semblant terriblement petit dans son grand lit. Il veillait, attendant qu'elle se réveille…

Le problème était qu'il ne savait pas ce qui s'était passé. Ils avaient été attaqués dans le cimetière de Saint-Louis, puis l'enfer s'était déchainé. Une horde de zombies était apparue, massacrant les assassins en robe. Puis les zombies avaient encerclé les Gardiens tendant vers eux leurs doigts osseux…

Puis Kira avait crié et les zombies s'étaient volatilisés et Kira s'était effondrée comme une marionnette sans cordes. Asher était gravement blessé, mais il s'était transformé et s'était précipité vers elle. Elle avait prononcé des phrases sans queue ni tête, s'excusant et marmonnant sans cesse le mot « compagnon ».

Et ensuite… Asher ne savait pas comment le décrire, sauf que de la *lumière* était sortie d'elle. Elle était chaude, sa poitrine se soulevait et retombait, mais Kira n'était pas à l'intérieur. Son ours la sentait partir, poussant un rugissement angoissé.

Deux jours. Pendant deux putains de jours, Asher lui avait tenu la main. Deux jours, il avait essuyé des larmes, de vraies larmes d'homme alors qu'il ne se souvenait plus de la dernière fois qu'il avait pleuré. Deux jours de douleur insupportable, à l'intérieur et à l'extérieur, alors que son corps guérissait mais son cœur se fanait.

Puis elle ouvrit les yeux.

« Kira ? » demanda Asher. Son ours s'anima, tellement heureux qu'il était rempli d'une énergie nouvelle.

Compagne. Compagne. Compagne. Compagne. Compagne. Compagne. Compagne.

« Ash ? entendre son surnom de ses lèvres était la plus douce des caresses.

– Kira, chérie. Mon dieu. » Il la prit dans ses bras et l'attira sur ses genoux, l'enlaçant fort.

« Tu m'as tellement fait peur. Oh, putain. »

Une larme unique coulait le long de la joue d'Asher. Il enfouit son visage contre son cou, respirant son odeur, heureux quand elle glissa un bras autour de son cou.

« Je… je pense avoir fait quelque chose de mal, murmura Kira.

– Tout va bien, déclara Asher. Les assassins sont partis, les zombies sont partis. Tu es en sécurité.

– Les zombies ! » cria Kira, surprise.

Asher se recula et la reposa contre l'oreiller, scrutant son visage.

« Laisse-moi aller te chercher de l'eau. De la nourriture », lui dit-il, cherchant son téléphone pour envoyer un texto à Duverjay.

Kira l'attrapa par le poignet, sa poigne étonnamment forte.

« Attends, dit-elle d'un ton suppliant. Ash, tu ne comprends pas. Les… zombies. Je les ai *appelés*. »

Asher fit une pause, sa tête se tournant lentement vers Kira.

« Quoi ? demanda-t-il.

– Je les ai appelés. Je… les ai créés. Je les ai fait vivre », dit Kira, en tremblant. Elle était blanche comme un linge, ses doigts tremblaient, il les sentait sur son poignet. « J'ai fait ça, Ash. C'était moi ! »

Kira éclata en sanglots, se penchant en avant et enfouissant son visage dans ses mains.

« Oh mon Dieu. Qu'est-ce que j'ai fait ? Qu'est-ce qui ne va pas chez moi ?

– Kira, je suis sûr… » Asher tendit la main vers elle, ne sachant pas quoi dire, mais Kira se recula.

Elle releva la tête, la peur écrite sur son visage.

« Oh non, c'est *lui*.

– Lui ? Qui ? Chérie, je ne comprends pas.

– Mon père, dit-elle, sa voix enrouée. C'est le pouvoir qu'il m'a donné. Oh mon Dieu. Oh mon Dieu. Je vais être malade. »

Kira se pencha sur le côté du lit et vomit, bien que son corps n'ait rien à rejeter.

Elle eut des haut-le-cœur à plusieurs reprises qui secouèrent son corps et essuya son visage et sa bouche.

Asher se précipita dans la salle de bain pour aller chercher une serviette. Quand il revint, il laissa Kira avoir encore deux haut-le-cœur, puis la tira doucement vers lui. En la berçant, il essuya son visage mouillé de larmes.

« Ma chérie, ça va aller, dit-il en caressant ses cheveux, essayant de la calmer.

– Non ! Je suis un monstre, Asher. Un putain de monstre. Quand je l'ai fait, quand je les ai fait sortir de terre… c'était si bon. J'avais tellement de pouvoir, mon dieu…

– Chut, nous n'avons pas parler de ça maintenant, dit Asher, l'esprit en émoi.

– Je savais que ce n'était pas bien. Je savais, haleta Kira, se blottissant contre sa poitrine. S'il te plaît, ne me déteste pas, s'il te plaît.

– Jamais, jura Asher. Je ne pourrais jamais te haïr. »

Asher la berça et la rassura jusqu'à ce qu'elle se calme à nouveau, sombrant dans un sommeil léger. Il l'installa de nouveau sur le lit, puis se leva et arpenta la chambre. Enfonçant ses ongles dans son cuir chevelu, il essaya de comprendre ce qui se passait.

Ressusciteur.

Le mot que Mère Marie avait utilisé en parlant de Kira lui revint à l'esprit et Asher prit une profonde inspiration. Son esprit allait dans plusieurs directions, aucune n'était positive.

Kira avait été laissée ici pour une raison.

Les ressusciteurs avaient besoin que leurs pouvoirs soient… activés, d'une manière ou d'une autre.

Lui et Kira avaient finalement consommé leur relation pour la première fois.

Asher avait déclenché quelque chose en elle, d'une manière ou d'une autre. Qu'avait-elle dit ? *Ils allaient te faire du mal.*

La scène au cimetière avait été la première preuve de ses véritables pouvoirs, ce qui était probablement la raison pour laquelle elle avait été jetée sur la pelouse du manoir. Elle était ici parce que quelqu'un savait qu'Asher allait activer ses pouvoirs.

Si quelqu'un avait mis les choses en mouvement, alors elles ne s'arrêteraient pas. Encore une fois, il y avait une raison pour laquelle elle avait été amenée ici.

Quelqu'un viendrait la chercher. Peut-être le cerveau de l'opération ou le puissant sorcier qui avait perçu le véritable potentiel de Kira.

Ils allaient l'enlever, à moins qu'Asher n'agisse vite.

Les mains tremblantes, Asher prit son téléphone.

« J'ai besoin de tout le monde, maintenant. »

Raccrochant, il se tourna vers Kira, croisant les bras et l'observant à distance. Il n'était pas encore capable de la rejoindre, il n'était pas assez stable pour la réconforter davantage, alors Asher se tourna et se dirigea en bas.

Il avait besoin de réponses. Il avait besoin d'armes, d'un tas d'armes.

La guerre était déclarée.

« Kira, tu n'as rien fait de mal. » Mère Marie croisa les bras et regarda Kira qui se trouvait à l'autre bout de la table de conférence le lendemain matin.

L'esprit d'Asher s'apaisa immédiatement en entendant les paroles de la sorcière. Bien qu'il ne puisse pas croire que Kira ferait quelque chose de mal, la peur brute dans les yeux de Kira l'avait secoué. Il la regarda, entrelaçant leurs doigts sous la table et fit pression sur sa main.

Elle lui lança un regard incertain, puis se tourna vers Mère Marie.

« Vous n'étiez pas là. Vous n'avez pas… » commença Kira, puis retint sa respiration et jeta un coup d'œil autour de la table vers les Gardiens et leurs compagnes. « C'était de la magie noire. Je l'ai senti. Je savais que c'était mal. »

Mère Marie soupira et secoua la tête.

« Je t'ai expliqué cela déjà. Tu n'as jamais utilisé ta magie, elle est donc blanche comme neige. Presque tout te semblera sombre. Au mieux, la magie que tu as utilisée était grise.

– J'ai utilisé mes pouvoirs pour tuer, déclara Kira, sa voix se faisant murmure.

– Tu as tué des démons qui nous attaquaient, intervint Rhys en fronçant les sourcils. Si c'est de la magie noire, alors les Gardiens sont noirs comme la nuit. »

Kira se mordit la lèvre, levant les yeux vers Asher. Cherchant son jugement.

« Tu es une sorcière blanche, lui dit Asher en la regardant dans les yeux. Tu le sais aussi bien que moi. Tu as juste quelques… capacités supplémentaires. Ce n'est pas parce que tu peux l'utiliser que tu dois l'utiliser. »

Kira plissa le nez, puis acquiesça doucement. Une tension palpable se fit sentir dans sa poitrine et il souhaitait plus que tout l'enlacer.

« C'est bon, on en a fini ? » Il ne put retenir ces mots. Il leva les yeux et vit que tous le regardaient avec un air plein de sous-entendus et les yeux d'Asher se rétrécirent. « Problème?

– Il y a un détail que nous n'avons pas encore réglé, s'excusa Gabriel. Pourquoi a-t-elle été larguée ici, qui est à sa recherche ? Vous vous souvenez de la bataille menée hier.

– Je n'appellerais pas cela une bataille, déclara Asher. Vous saurez si je me bats, croyez-moi. »

Gabriel arqua un sourcil, mais ne le contredit pas.

« C'est Père Mal, dit Mère Marie en tortillant sa bouche. Ça sent l'embrouille à plein nez, et je sens son odeur. Enlèvements, démons habillés avec des robes, manipulation des Gardiens à ses propres fins… »

Elle agita la main.

« J'ai envoyé des espions au marché Gray la nuit dernière, ils se sont fondus dans le district de Kith. Ils rapportent la même chose, que Père Mal est derrière tout ça, déclara Echo.

– Je suppose que tu n'as pas de prophéties pour nous, Cassie ? », demanda Mère Marie.

Cassie lança un regard morne à tout le monde.

« Rien. On dirait que bébé… les parasitent , dit-elle en secouant la tête.

– Qu'est-ce qu'il veut ? se demanda Kira à voix haute.

– Ton père, j'imagine » dit Gabriel. Tous les yeux se tournèrent vers lui et il haussa les épaules. « J'ai fait des recherches sur Kira, d'accord ? Il n'y a pas beaucoup de femmes ressusciteuse, donc il m'a été facile de déterminer sa lignée.

— Mais pourquoi Père Mal voudrait Rezeal ? Un ange de la mort écraserait le père Mal comme un insecte s'il osait… Je ne sais pas… l'invoquer.

— Un échange, dit Asher, les pièces du puzzle s'emboîtant les unes dans les autres. Kira, en échange d'une faveur. Et si Père Mal est obsédé par ses ancêtres et qu'il arrive à obtenir le pouvoir qui se trouve de l'autre côté du voile, Rezeal peut sembler une bonne cible.

— C'est possible, dit Mère Marie en posant ses mains sur la table. Je pense que tu as vu juste, Asher.

— Alors, que faisons-nous ? demanda Kira en serrant la main d'Asher. Comment pouvons-nous l'arrêter ? »

La table resta silencieuse pendant un long moment.

« Je pense que nous vous gardons ici pendant un moment, jusqu'à ce que nous trouvions la solution. Y-a-t-il un mot sympa pour dire « assignation à résidence ? » demanda Rhys.

— Goujat ! dit Echo en donnant une petite tape sur le bras de son compagnon. Kira, ce n'est pas si mal. Nous avons toutes du rester au manoir à un moment ou à un autre.

— Et voit ce qu'il se passe quand elles font le mur, dit Rhys, lançant un regard dur à Echo.

— Ouais. Ne fais pas ça, soupira Echo en roulant des yeux. Ça ne mène à rien de bien.

— Le Père Mal est à ma recherche. Rezeal me poursuit. Ils ne vont pas s'arrêter avant de trouver quelqu'un qui sache où je suis, dit Kira, avec froideur. Ils vont faire mal à l'un de vous à cause de moi. Si je reste cachée, ce sera de ma faute. »

Quand elle leva les yeux vers eux, Asher vit de nouvelles larmes briller dans ses yeux. Son cœur palpita à cause de la conviction écrite sur son visage. Quelque chose dans son estomac se retourna et il eut un frisson de peur. Que voulait dire cette expression ?

« Nous protégeons les nôtres, dit Mère Marie en regardant Kira. Tu fais partie de notre groupe. Alors, n'allez pas chercher les problèmes. Nous allons trouver une solution. »

Kira se passa les doigts dans les cheveux, l'air frustrée.

« Une chose encore », déclara Mère Marie. Elle produisit un gros morceau de soie noire brillante qu'elle glissa sur la table pour la faire passer à Kira. « Tu reconnais cela ? »

Kira tendit la main, puis recula. Quand elle le toucha, le tissu se déplaça de lui-même, se regroupant et se plissant en un cercle, avant de former une seule poche ouverte.

Kira hésita, levant les yeux vers les Gardiens.

« Ma grand-mère me l'a donné, dit-elle.

— Grand-mère Louise ? demanda Asher, les sourcils froncés.

— Elle me l'a passé à travers ce genre de… voile, déclara Kira.

— Ta grand-mère t'as passé ce sac à travers le voile ? demanda Mère Marie, l'air surpris.

— Et dire que je pensais que c'était une sorcière bas de gamme. Il faut une puissance incroyable pour faire passer des objets entre les royaumes des humains et des esprits.

— Je pense… Je pense qu'elle était comme moi. Une ressusciteuse je veux dire, déclara Kira.

— Eh bien, ne nous fait pas attendre, dit Mère Marie en hochant la tête. Voyons ce qu'elle t'a donné. »

Soufflant fort, Kira fourra sa main dans le sac. Asher fut choqué car le bras entier de Kira s'y engouffra, pourtant, le mince sac de soie ne bougea pas.

« C'est comme un passage secret ! » dit Kira, les sourcils froncés.

Avec un grognement d'effort, Kira retira son bras du sac, en tirant une épée brillante de presque un mètre de long. La lame et la garde n'étaient pas marquées, mais brillaient plus que du métal normal, presque trop éblouissantes pour être regardées.

« Pour l'amour de Dieu, remets-la dans le sac ! cria la mère Marie en se penchant et en poussant la main de Kira. Remets-la ! »

Kira remit l'épée dans le sac, l'air déconcerté. Mère Marie serra ses mains contre sa poitrine et Asher put jurer que la reine vaudou transpirait un peu.

« Qu'est-ce qui ne va pas ? demanda Kira.

– Comment ta grand-mère a-t-elle eu cela… » Mère Marie se passa le dos de la main sur le front, l'air un peu pâle. « Ne sors plus jamais cette lame, Kira.

– Je vais la sortir tout de suite si vous en me dites pas ce que c'est, dit Kira, l'irritation visible sur son visage.

– Je crois que c'est un voleur de lumière, dit Gabriel, les yeux sombres avec un intérêt non dissimulé. J'ai lu des choses à leurs propos. Ils donnent au porteur un contrôle total sur l'âme de toute créature que l'épée transperce. Plus que la vie et la mort, même. Celui qui la manie peut envoyer la victime dans la vie après la mort de son choix. Le paradis, l'enfer, ailleurs. »

Gabriel frissonna. Kira semblait trop abasourdie pour répondre.

« Je pense que ce serait mieux si vous me le confiez pour que je la garde en sécurité, dit Mère Marie en se levant bond impérieux. C'est trop dangereux.

– Absolument pas, dit Asher en se levant pour dominer Mère Marie. Elle appartient à Kira. Seulement Kira. Personne d'autre ne la touchera, pas même moi. »

Mère Marie renifla, l'air offensé, mais elle n'osa pas exprimer son désaccord vu la colère d'Asher. Kira fit un petit sourire à Mère Marie et la réunion se termina. Kira plia le morceau de soie et le fourra dans sa poche sans autre cérémonie, ce qui fit sourire Asher.

Alors qu'ils revenaient dans ce qu'il considérait maintenant comme leur chambre, le cœur d'Asher se serra.

« Kira, dit Asher en la tirant pour qu'elle s'arrête. Promets-moi que tu laisseras les Gardiens s'occuper de Père Mal. »

Elle lui jeta un coup d'œil, ses lèvres esquissèrent un sourire.

« D'accord » dit-elle avec un haussement d'épaules.

Insatisfait, Asher la relâcha et la suivit. Elle alla directement dans la chambre, laissant tomber ses vêtements puis s'allongeant sur le lit. Et lui fit signe d'approcher.

« Tu es d'une humeur étrange, dit-il en enlevant sa chemise par-dessus sa tête et en la jetant de côté.

– Je viens de me rendre compte que je ne veux plus perdre de temps, dit Kira en lui souriant doucement. Ces trucs sur le fait que mon père m'ait retrouvée, les problèmes avec Père Mal… ça ne m'intéresse pas. J'ai besoin de toi, tu as besoin de moi. Nous sommes ensemble.

– Kira... Asher fronça les sourcils.

– Écoute-moi juste, dit-elle en attrapant sa main et en le tirant sur le lit. Les compagnons sont ensemble pour l'éternité, non ? »

Après un moment, Asher hocha la tête.

« Eh bien, ça veut dire quelque chose. Cela signifie que peu importe ce qui se passe, peu importe les méchants qui nous poursuivent, nous sommes connectés. Toujours, dit-elle, une lumière étrange dans ses yeux. C'est ce que je veux, Ash. Je te veux maintenant. Je me fiche du reste.

– Kira, tu sais que je ne peux pas faire de toi ma compagne.

– Tu ne peux pas ou ne veux pas ? demanda-t-elle en inclinant la tête et en passant une main sur sa poitrine.

– Les deux, » dit Asher, un grondement gonflant dans sa poitrine. Elle se comportait de manière assez étrange et il n'arrivait pas à comprendre ce que cela voulait dire. « Je te protège.

– Parce que tu m'aimes », dit-elle, ses lèvres entrouvertes.

Asher déglutit, énervé par ses mots. Son ton était faux, inhabituel.

« Oui, Kira. Je t'aime putain. Et tu me fais peur là, » dit-il en prenant son menton.

Elle leva les yeux vers lui, ses yeux laissant deviner à quel point elle était vulnérable à ce moment.

« Revendique-moi, Asher, fais de moi ta compagne. Donne-moi tout, tout ce que j'aurais dû avoir à Union City. »

Asher la regarda, paralysé.

« Kira...

– S'il te plaît, Ash. Dis-moi que tu vas y réfléchir ».

Comment pouvait-il lui dire non, même si c'était pour son propre bien ?

Asher se contenta de hocher la tête. Les lèvres de Kira trouvèrent les siennes, ses mains tirant sur son jean.

« Pas ce soir, grogna-t-il. Je ne te marquerai pas ce soir.

– Très bien » dit Kira, ses lèvres effleurant son cou.

Elle le déshabilla et se mit sur ses genoux, l'embrassant profondément alors qu'elle s'empalait profondément sur lui. Kira maintint Asher en place, les mains sur sa poitrine et le chevaucha avec un abandon total. C'était une torture, la façon dont elle le travaillait au corps, la façon dont elle rejetait la tête en arrière. La façon qu'elle avait de le prendre en entier, chaque morceau de son corps, de sa personnalité, cela le ruinait pour les autres alors qu'elle libérait enfin son âme.

Ils jouirent ensemble, soudainement et violemment. Asher serra Kira contre sa poitrine, son cœur débordant de mille sentiments contradictoires. Elle s'endormit dans ses bras, son souffle chaud sur sa peau nue, laissant Asher réfléchir à sa demande.

Comment pouvait-il lui donner ce qu'elle voulait, sachant où cela pourrait mener ?

Pire, comment pouvait-il refuser ?

Asher mit exactement cinq jours, dix-huit heures et vingt-six minutes entre le moment où Kira avait fait sa demande et le moment où il la marqua, la prit pour compagne, pleinement et irrévocablement. Il s'était isolé avec Kira au Manoir, l'emmenant dans sa chambre et dans son lit, ne prenant le temps que de manger, de se laver ou de patrouiller quelques heures.

Le deuxième jour, Asher su qu'il était dans le pétrin. Être avec Kira était trop beau pour être vrai. Il était complètement accro à sa présence, au son de son rire.

Le quatrième jour, il essaya de lui parler de ce qui s'était passé. Pas pour lui faire peur, ni même pour expliquer qu'il avait perdu tout contrôle de lui-même et pouvait faire un faux-pas et signer leurs deux arrêts de mort mais juste pour faire la conversation.

« Attention, je vais te mordre pour confirmer notre accouplement, d'une minute à l'autre. D'ailleurs, je ne sais pas comment j'ai réussi à me retenir les cinq dernières minutes. Tu réalises que cela va nous tuer tous les deux, non ? » Ce genre de chose.

Malheureusement, elle avait fait taire sa tentative avec ses lèvres roses et sensuelles et ses paroles lui avaient échappé, oubliées en un instant.

Au début du cinquième jour, il menait une lutte acharnée, presque impossible à gagner, avec six démons d'Aszgraethe et attendait la mort violente et sanglante qui était sur le point d'arriver. Kira le pleurerait, bien sûr, mais elle serait en sécurité.

Gabriel et Rhys intervinrent juste à temps et Asher s'en trouva amer.

Cinq jours, dix-huit heures et vingt-huit minutes après que Kira eut plaidé pour qu'il la marque, Asher était presque fou de joie mais ressentait en même temps une grande tristesse et une satisfaction physique totale. Kira était blottie dans ses bras, fourbue de tout le sexe explosif et de la marque qu'elle avait reçue. C'était maintenant une relation à la vie à la mort.

Asher passa un doigt sur la peau nue de son cou, juste au-dessus de la marque rose vif qui affirmait que Kira était sienne, pour toujours. Étrangement, bien qu'il y ait une source infinie de rage et d'auto-récrimination bouillonnant quelque part au fond de lui, il ne pouvait tout simplement pas se sentir triste. Pas avec sa compagne dans les bras. Pas avec le calme si réconfortant qui régnait à l'intérieur du manoir.

C'était le calme avant la tempête.

CHAPITRE 12

L'égoïsme d'Asher avait réellement atteint des proportions épiques aujourd'hui. Les années passées à se refuser à sa compagne s'étaient accumulées et la récompense avait été trop douce pour résister. Une conversation avait tout fait basculer, en fait.

« On pourrait repartir de zéro, lui avait dit Kira, en traçant des arabesques du bout des doigts sur sa poitrine nue. Quelque part, tellement loin que personne ne pourra nous trouver.

– Ah oui ? demanda Asher, jouant le jeu.

– Oui. Un endroit secret. On en ferait un endroit idéal. Dans lequel on entre mais dont on ne sort pas, jamais. Facile.

– Et à quoi ressemble cet endroit parfait ?

– Quelque part au bord de la mer, mais avec des saisons. J'aime avoir l'automne et le printemps, voir les arbres changer, déclara Kira.

– Je pense que tu as oublié quelque chose dans ce plan bien pensé. Ou quelqu'un, devrais-je dire.

– Qui ?

– Mère Marie. Se cacher de ton père est une chose. Il n'est qu'un archange terrifiant apportant malheur et mort. Mère Marie par contre… » dit Asher. Il la taquinait… mais à moitié seulement. Il avait donné sa parole à Mère Marie et il ne pouvait pas partir tant que la dette n'avait pas été réglée.

Kira émit un grognement de désapprobation en secouant la tête. Mais sa proposition n'était pas impossible et l'idée s'ancra crâne d'Asher et y resta. Ou peut-être que cela lui donnait une raison d'espérer, ce qui revenait à condamner Asher et Kira à mort.

En fin de compte, l'espoir avait été le talon d'Achille d'Asher. Cela l'avait bercé, l'avait rendu stupide.

Asher ferma les yeux et laissa son esprit dériver. Quand il les ouvrit quelques minutes plus tard, la lumière du soleil inondait sa chambre. Il s'assit, réalisant que ce qu'il pensait être quelques minutes avaient en réalité été plusieurs heures. Il réalisa également que Kira était partie, son côté du lit était gelé.

« J'espère pour toi que tu es en bas, en train de jouer au backgammon avec ce putain de chat. », dit Asher à voix haute.

Mais elle n'y était pas.

Elle n'était nulle part dans le manoir et Asher fouilla partout. Il avait dérangé Gabriel et Cassie pendant ce qui semblait être une partie de jambes en l'air spéciale grossesse assez spectaculaire, mais Asher s'en foutait.

À la fin, tout le monde se tenait dans le salon, essayant de comprendre où Kira pouvait bien être.

« Père Mal aurait-il pu accéder à la maison à nouveau et la kidnapper ? demanda Cassie, les yeux écarquillés. Ça m'est arrivé, tu sais.

– J'en doute, dit Cairn, le petit animal de compagnie velu de Mère Marie, sauta sur la table de conférence et s'adressa à

Asher. Pendant que tu dormais toute la journée, ta compagne posait beaucoup de questions, se mêlant de beaucoup de choses, annonça le chat.

– Comme quoi ? demanda Rhys en regardant le chat avec sévérité. Avoue tout.

– Elle voulait savoir où Père Mal se terrait. Elle semblait penser qu'il pouvait savoir comment invoquer Rezeal. Elle m'a également demandé des sorts d'attaque particulièrement destructeurs. Je lui ai dit que c'était une mauvaise idée, a déclaré Cairn dans un soupir. Elle ne m'a pas écouté.

– Et tu ne pensais pas qu'il fallait en parler ? cria Asher, son ours faisant surface.

– Non, puisque ... je n'en ai pas parlé dit Cairn, se retournant et sautant de la table quand Asher fit un bond avant avec un grognement menaçant.

– Ce putain de chat… siffla Asher.

– Est-ce que Kira a dit quelque chose, fait quelque chose d'étrange ces derniers jours ? l'interrompit Gabriel.

– Non. Elle… Asher fit une pause. Merde. »

Son insistance pour être marquée, même si elle savait que c'était dangereux… La façon dont elle en avait parlé…

Peu importe ce qui se passe, avait-elle dit. *Maintenant, nous sommes ensemble.*

« Putain de merde ! dit Asher en secouant la tête. J'aurais dû m'en douter. Je pensais juste qu'elle était enfin heureuse.

– Ne t'en veux pas, dit Echo en soupirant. Vous, les gardiens, n'avez jamais réussi à savoir ce que pensent les femmes. »

Gabriel grogna son accord. Rhys fronça les sourcils en direction de son compagnon.

Asher était à peine conscient de l'échange, l'esprit en déroute.

« Qu'allons-nous faire ? Où diable se cache-t-elle ? demanda-t-il, angoissé.

– C'est l'être le plus puissant de la ville et ne elle sait à peine se protéger. Je pense que nous la trouverons très facilement, déclara Mère Marie. C'est ce que nous ferons quand nous la trouverons qui m'inquiète. Prépare-toi et allons la chercher. »

En fin de compte, Mère Marie avait raison à propos de Kira. Il aurait été presque impossible de ne pas la trouver, car elle et Père Mal se disputaient et la subtilité n'était pas vraiment leur fort.

Kira et Père Mal se trouvaient aux deux extrémités du marché français, une vaste structure à ciel ouvert recouverte d'un toit de tôle vert. Le marché français, faisait un demi-kilomètre de large, regorgeant de vendeurs vendant tous les bibelots et souvenirs pour touristes imaginables de la planète, c'était un lieu bruyant et toujours bondé.

Pour le moment, il était étrangement vide, quelques retardataires s'éloignaient du marché comme s'ils avaient le feu aux fesses. Du coin de l'œil, Asher vit l'éclat bleu brillant d'un sortilège et un étal de t-shirt s'envola en fumée. Pas étonnant que tout le monde soit parti ; ni Kira ni Père Mal n'avaient pris la peine de masquer leur magie et ils lançaient tous deux des sorts très dangereux, en faisant beaucoup de bruit et un beau gâchis.

« Je pense que nous les avons trouvés, dit Gabriel.

– Kira ! » cria Asher, essayant de la repérer. Il grimaça quand elle sortit de derrière une table de bijoux en macramé, le fixa et fut obligée de se jeter sur le côté pour éviter une boule de feu.

Asher commença à s'avancer, mais Mère Marie le surprit en le retenant d'une main.

« Laisse-moi faire », dit-elle, s'engageant fièrement dans le combat.

Père Mal et Mère Marie engagèrent le combat et les éclairs crées par les sorts fusèrent de toutes parts se mirent à voler partout, faisant exploser des tas de masques décoratifs de Mardi Gras et de tongs en cuir. Asher les contourna pour se rapprocher de Kira, ils n'étaient séparés que par quelques tables pliantes couvertes de bijoux et de t-shirts.

Kira lança un regard interrogateur à Asher et il se renfrogna.

« Tu pensais que je ne viendrais pas te chercher ? cria-t-il, s'accroupissant pour éviter un sortilège qui frappa quelques mètres à sa droite.

– J'ai besoin que d'en finir avec ça, dit Kira en grimaçant, accroupie et cachée sous une table. Je veux que nous soyons ensemble, mais je ne peux pas simplement me cacher pour toujours et espérer que mon père ne te tue pas. »

Asher se laissa tomber et rampa sur le ventre pour la rejoindre sous la table.

« Tu aurais dû m'en parler, dit-il en attrapant son poignet pour attirer son attention.

– Tu ne m'aurais pas laissé venir ici, dit Kira en soupirant.

– Bien sûr que non.

– Asher... Kira soupira en secouant la tête.

– Nous sommes compagnons, Kira. Cela signifie quelque chose pour moi. Beaucoup, en fait. Si tu voulais affronter Père Mal, nous aurions trouvé un moyen de le faire, ensemble.

– Ash, je ne vais pas affronter le père Mal, dit Kira, d'un air exaspéré. Père Mal n'est qu'un pion dans cette bataille. Je l'utilise pour invoquer mon père.

– Ça jamais ! gronda Asher.

– Tu ne peux pas l'arrêter, dit Kira, l'air un peu triste. Rezeal me trouvera, ce n'est qu'une question de temps et je serai damnée s'il fait du mal à quelqu'un que j'aime. Je ne veux plus courir ou me cacher. Je veux le voir maintenant, selon mes conditions. »

Avant qu'Asher ne puisse en dire plus, un sort frappa le haut de la table, envoyant valdinguer Kira et Asher dans des directions opposées. Asher atterrit lourdement sur le ciment, reconnaissant envers le tas de robes en coton encore incandescent qui amortit sa chute. Quand il se remit debout, Kira courut à toute vitesse vers Père Mal, une boule de lumière dorée flamboyante dans ses mains.

Elle jeta le sort sur Père Mal, qui le dévia en direction de Mère Marie. Mère Marie poussa un cri et plongea sous une table, laissant Père Mal libre de se retourner et de se jeter sur Kira.

Un rugissement guttural s'échappa de la gorge d'Asher lorsque Père Mal forma une énorme boule d'énergie noire crépitante, la projetant sur Kira. Elle la frappa alors qu'elle n'était qu'à quelques mètres et, en un éclair, piégea tout son corps, la gelant sur place.

« Revelos ! » cria Père Mal, jetant un autre sort à Kira.

Asher sentit soudain une vague d'énergie gronder et entendit un claquement sec lorsque le sort de camouflage de Mère Marie disparut. Les pouvoirs de Kira étaient palpables, leur force et leur pureté lui donnant la chair de poule. Elle était comme un phare, rayonnant de sa présence dans le ciel. L'attirant.

Asher ne savait que trop bien ce qui allait arriver. Il ouvrit la bouche pour appeler Mère Marie, mais il s'arrêta brusquement.

Un éclair blanc traversa ses veines, le pouvoir lui traversant le corps. Tout à coup, une centaine de créatures différentes remplirent le vide à l'intérieur de lui, s'unifiant à son ours. Son contrat avec Mère Marie annulé, ses capacités de métamorphe revenues.

La sensation le submergea, le fit tomber à genoux. Il se serra la tête, essayant de calmer le chaos, mais il n'y avait aucun moyen de faire taire ce qui venait de l'intérieur. Un cri s'éleva dans l'air soudain immobile du marché français alors qu'Asher se battait pour contrôler la marée déchaînée qui faisait rage en son intérieur. Il se battait pour rester sous sa forme humaine. Il connaissait à peine ses autres formes et il lui serait presque impossible de se contrôler s'ils les laissaient faire.

En dehors du marché, l'obscurité s'était installée. Le ciel se fondait en un gris sombre et étrange et des éclairs déchiraient l'air, percutant le sol autour d'eux, suffisamment près pour qu'Asher puisse sentir leur chaleur.

Un étrange grésillement fut entendu, doucement au début avant de devenir un rugissement. C'était de la grêle, une grêle glacée et lourde tombant du ciel. Le vent s'était levé, violent et déchirait les vêtements d'Asher, éparpillant les débris du marché. Asher gémit et se jeta en avant, essayant de reprendre pied, essayant de repousser les créatures à l'intérieur de lui.

Il avait besoin de rejoindre Kira, de la protéger…

Mère Marie apparut aux côtés d'Asher, posant une main sur son épaule. Instantanément, son esprit se calma et s'éclaircit et il la regarda avec gratitude.

« Je peux les calmer un peu plus longtemps, dit-elle, le visage inquiet. Un sort apaisant, rien de plus. Tu auras peut-être besoin d'eux, parce que je pense… »

Ses derniers mots furent engloutis par un bruit effroyable, métal sur métal, incroyablement puissant. Le vent hurla, renversant presque Asher. Il passa un bras autour de Mère Marie pour la garder au sol, craignant que le vent ne l'emporte tant elle était légère. Le monde devint complètement noir, pendant une minute où personne n'osa respirer.

Lentement, le gris revint dans le monde devenu noir et avec elle une nouvelle énergie remplit l'air. Puissante, sombre et malveillante. Asher le sentit sur sa peau, une énergie épaisse, qui s'immisçait partout et glaçait tout.

La foudre frappa le sol, révélant une silhouette isolée à une extrémité du marché, soulignant les ailes massives et noires comme la nuit de l'homme.

Rezeal était de retour.

CHAPITRE 13

À la seconde où son père fit son entrée, Kira eût l'impression qu'on l'avait frappée. Elle le *sentit* arriver dans le ciel noir comme de l'encre. Quand la douce lumière grise revint dans le monde, éclairant Rezeal, il était à moitié ce dont elle se souvenait, à moitié monstre. Il était trop beau, trop parfait et pourtant l'énergie qui l'entourait était sombre et noire.

Grand et mince, Rezeal arborait une crinière de cheveux noirs et lustrés qui allaient parfaitement avec ses ailes de trois mètres. Son visage était sculpté dans le marbre le plus fin. Il avait des pommettes saignantes, un nez parfaitement arqué et une ligne de la mâchoire dure. Il semblait avoir seulement quelques années de plus que Kira elle-même, mais dans ses yeux perçants, gris glace, se lisait une intelligence sans âge. Vêtu de cuir noir de la tête aux pieds, Rezeal ressemblait plus qu'à un des méchants de le série « Sons of Anarchy » qu'à son père.

Lorsque le regard de Rezeal se posa sur Kira, son estomac se retourna. Une lueur d'intérêt éclaira son visage, puis il sourit réellement. Kira pensait qu'elle allait vomir, mais elle se sentait incapable de détourner le regard. Il était magnétique, irrésistible. Kira déglutit difficilement, désolée pour sa pauvre mère. Être l'objet de l'attention de Rezeal, encore moins de son affection… c'était impensable. Terrifiant.

« Rezeal ! » appela Père Mal en se dirigeant vers l'ange.

Rezeal pencha la tête et se tourna lentement vers le roi vaudou vêtu d'un costume sombre. Père Mal hésita, sembla penser qu'il ne valait mieux pas trop s'approcher de Rezeal, mais il était trop tard.

Vous osez m'invoquer ?

Les mots résonnèrent dans l'esprit de Kira, bien que Rezeal ne parla pas. Son père semblait diffuser, projetant ses pensées vers les personnes présentes. Elle ne pouvait pas bouger, mais du coin de l'œil elle vit Mère Marie se mettre à trembler. Mère Marie et Asher devaient l'entendre aussi.

« Je t'ai apporté un cadeau, » dit Père Mal en se raclant la gorge. « Un échange, si vous voulez. »

Il pointa un doigt osseux droit sur Kira, la faisant transpirer. Rezeal considéra Kira un instant de plus, semblant perplexe.

Vous proposez un échange pour quelque chose qui est déjà à moi ?

« Un tien vaut mieux que deux tu l'auras, dit Père Mal en croisant les bras. Je l'ai attrapée. Je vous l'ai révélée. Je l'ai placée dans un champ d'énergie… »

Arrête.

Le regard de Rezeal se posa sur Père Mal. Père Mal ouvrit la bouche pour parler et une bouffée d'air glacé lui échappa. Il sursauta, ses mouvements ralentissant. Une fine couche de givre glacé le recouvrit et il se tut, immobile.

Kira fut soudain libérée. Elle trébucha en avant, inspirant une profonde bouffée d'air. Rezeal glissa vers elle, la mer de débris en lambeaux s'ouvrant devant lui comme la mer rouge.

Meredith.

Kira fit un pas en arrière et regarda Rezeal, secouant la tête. Il avait prononcé le nom de sa mère, semblant attribuer ce nom à Kira. Ne savait-il pas qui elle était ?

« Pas Meredith. Kira, » dit-elle d'une voix aussi tremblante que ses mains.

Meredith. Mon amour.

La bouche de Kira était si sèche que sa langue collait à son palais. Elle jeta un coup d'œil à Mère Marie, essayant de comprendre. Elle souhaitait plus que tout courir vers Asher, qui traversait le marché, mais elle ne voulait pas attirer l'attention de Rezeal sur son compagnon.

« Kira, réussit-elle à dire, avec un peu plus de force cette fois-ci. Ta fille. »

Ma fille ? Rezeal ralentit, comme s'il digérait cette information. Il secoua la tête. *Tu ne peux pas me mentir, Meredith. Tu es à moi.*

« Rezeal, non. Meredith… Meredith est morte, lui dit Kira. Rappelle-toi. »

Rezeal laissa échapper un éclat de rire, il n'était qu'à quelques mètres d'elle maintenant.

Non, je ne laisserais pas cela se produire. Meredith, tu es à moi. Viens avec moi maintenant. Laisse ces… créatures. Le regard de Rezeal se posa sur Mère Marie et Père Mal, en ricanant. *Ils ne sont rien, Meredith. Je vais te ramener à la maison.*

« À Union City ? » demanda Kira, confuse.

Les royaumes inférieurs, Meredith. J'ai promis de t'y emmener. Lucifer nous portera aux nues, nous traitera comme les dieux que nous sommes. Rezeal s'arrêta, une lueur de tristesse apparut brièvement sur son visage. *Je t'ai attendue si longtemps, Meredith.*

Lucifer ? Kira sentit une larme couler sur sa joue. Rezeal voulait l'emmener en enfer ? Peinant à respirer, Kira comprit qu'elle devait l'attirer plus près pour que son plan fonctionne.

« Viens à moi, dit Kira, essayant de garder sa voix neutre. Embrasse-moi, Rezeal. Montre-moi que je t'ai manqué. »

Le visage de Rezeal s'éclaira avec un réel plaisir et il se précipita vers Kira. Avant que Rezeal ne puisse se rapprocher suffisamment, Asher tacla Kira sur le côté, faisant de lui une cible bien tentante pour l'ange en colère.

« Kira, recule » gronda Asher.

Asher la repoussa en arrière, la protégeant de son corps. Sa position était provocante, arrogante ; elle pouvait sentir la fureur et la violence qu'Asher contenait avec peine, se préparant à mourir pour la défendre.

Toi encore. Le visage de Rezeal devint grave alors qu'il analysait la présence d'Asher. *Tu dois savoir que Meredith ne veut pas de toi, métamorphe. Tu n'es rien comparé à moi.*

« Ce n'est pas votre compagne, putain. C'est votre fille, » déclara Asher.

Mensonges. Les métamorphes sont tous des menteurs. Toi surtout. Je suis fatigué de t'entendre.

Asher repoussa Kira un peu plus en arrière et se jeta en avant, son corps ondulant alors qu'il perdait sa forme humaine. À la surprise de Kira, il se transforma en un majestueux lion doré à la place de son ours. Le lion était bien plus gros que tout mammifère que Kira ait jamais vus, il faisait au moins un mètre cinquante au garrot, avec une crinière orange flamboyante et des yeux noirs et flamboyants.

Asher réussit à surprendre Rezeal, taclant l'ange en arrière d'une dizaine de pas. Les dents d'Asher claquèrent près de la hanche de Rezeal, le manquant de peu, mais c'était beaucoup trop près au goût de Rezeal. Le visage de l'archange se tordit de rage et il montra les dents à Asher, l'air plus inhumain que jamais.

Rezeal leva la main, soulevant Asher dans les airs et l'immobilisant. Le lion convulsa, luttant contre le pouvoir de Rezeal. Kira réalisa rapidement que Rezeal étranglait Asher, coupant lentement mais sûrement son apport en oxygène. Sa bouche s'ouvrit, un cri s'échappa de sa gorge sans qu'elle puisse le retenir.

« STOP ! cria-t-elle. Laisse-le partir ! C'est entre toi et moi, Rezeal ! »

Rezeal ne relâcha pas sa prise sur Asher, mais il regarda Kira.

Tu viendras avec moi, Meredith ?

« Je te quitterai pour toujours si tu fais du mal à Asher, promit Kira, la peur et le désespoir la rendant audacieuse. Laisse-le partir et nous discuterons. »

Les lèvres de Rezeal tressaillirent d'amusement.

Promets-moi d'abord, Meredith. Dis-moi que tu me suivras de ton plein gré ou que je tuerai le métamorphe sous tes yeux.

Rezeal leva de nouveau la main, plaquant le lion contre le toit en tôle du marché, si fort que le métal plia sous l'impact.

« D'accord ! D'accord, arrête ! supplia Kira, les larmes aux yeux. Laisse-le partir et je viendrai avec toi. »

Rezeal sourit de toutes ses dents blanches. Il laissa Asher tomber par terre, le bruit atroce du lion s'écrasant sur le sol en ciment fit presque vomir Kira.

Maintenant.

Rezeal se retourna et écarta les bras, sa main balaya l'air et créa ainsi un portail noir béant. Alors que Kira regardait avec de grands yeux. Le portail s'anima, lui donnant un aperçu de ce qui se trouvait de l'autre côté. Elle vit tout d'abord des flammes, orange, bleues, blanches et noires, bouillonnantes au pied d'une montagne imposante. Derrière la montagne, le ciel était rouge sang et menaçant. Un chemin sinueux et bien trop escarpé était à flanc de montagne et Kira pouvait voir des formes grises fantomatiques griffer et ramper, essayant en vain de gravir le chemin.

Au sommet de la montagne, Kira vit les lignes blanches

d'un manoir gigantesque, en marbre blanc pur, parfait qui choquait au milieu de ce chaos sombre et du ciel menaçant.

La maison du maître.

Kira sursauta lorsque les doigts de Rezeal se refermèrent autour de son bras, son contact provoquant une nouvelle vague de nausée dans son corps. Sa magie noire glissa sur sa peau, lui donnant la chair de poule et la faisant se sentir souillée. Son contact fit plus que cela, malheureusement. Kira n'avait plus de libre arbitre, donnant à Rezeal un contrôle étrange sur ses mouvements.

Sa tête tomba en arrière, ses yeux fixant son beau visage angélique. Ses lèvres s'ouvrirent lorsque Rezeal se pencha et pressa sa bouche contre la sienne. Le baiser était chaste, mais sans fin. Rezeal attira Kira à lui, sa poitrine se soulevant d'excitation, sa prise sur sa taille presque douloureuse.

Kira hurla dans son for intérieur.

Quand Rezeal la libéra enfin, se tournant vers le portail, Kira revint à la vie. Elle regarda son père, la vraie porte qui menait aux enfers qui les attendait et elle sut qu'elle devait agir maintenant.

Elle fourra la main dans sa poche, dégageant le morceau de soie noire que sa grand-mère lui avait laissé. Ne connaissant pas son utilité, Kira l'avait gardée depuis que sa grand-mère lui avait donné. À présent, elle savait pourquoi Grand-mère Louise lui avait transmis.

Enfonçant son bras profondément dans le sac, elle en sorti la lame. Rezeal se retourna, ses yeux se posant sur la lame alors que Kira la tenait à deux mains, la soulevant très haut. Elle n'était pas experte, mais l'épée semblait avoir une vie propre alors qu'elle se précipitait vers son père.

MEREDITH—

Son cri fut interrompu quand Kira plongea la lame dans le ventre de Rezeal, l'enfonçant jusqu'à la garde sans effort.

La bouche de Rezeal s'ouvrit et se referma en un choc silencieux, son expression incrédule.

« Je ne suis pas Meredith, ricana Kira, l'énergie noire et coléreuse de l'épée l'envahissant. Toute ma vie, j'ai attendu ma mère. J'étais en colère contre elle pour m'avoir laissée, aussi bête que cela puisse paraître. Aujourd'hui, cependant... aujourd'hui, c'est la première fois que je la plains. Quelle femme voudrait être à tes côtés, Rezeal ? »

Le regard de Rezeal s'enfonça dans le sien, mais Kira ne broncha pas.

« Je te bannis, grogna-t-elle. Pas au paradis, pas en enfer. Pas au purgatoire. Je veux que tu partes, Rezeal. Je veux que tu disparaisses, hors de ma vie, hors de mon existence. Tu étais tout puissant ; maintenant tu n'es plus rien. Tu n'es que poussière, tourbillonnant dans l'univers, tu ne pourras jamais reprendre forme. Disparais ! »

Kira tira l'épée en arrière, la libérant du corps de Rezeal. Pendant un instant terrifiant, rien ne se produisit. Kira pensait qu'il pourrait guérir, qu'il pourrait s'en prendre à elle qu'il pourrait l'entraîner dans les enfers et ne jamais la laisser partir.

Puis elle les vit. De minuscules fissures ont commencé à se former autour de la bouche de Rezeal qui s'ouvrit en hurlant. Un millier de fissures fines en porcelaine se répandirent sur son visage, de minuscules flocons se créant et disparaissant, un vortex noir et affamé se formant au fur et à mesure que les fissures se répandaient dans son corps en tourbillonnant. En l'espace de quelques instants, il ne resta plus rien de Rezeal, sauf quelques traces de poussière qui tombaient lentement au sol.

L'épée était lourde dans la main de Kira, sa sinistre énergie crépitant dans ses veines, faisait fourmiller sa paume. Elle voulait plus que tout la lâcher, se mettre à genoux, se reposer. Elle était tellement épuisée, tellement fatiguée, tellement submergée...

Au lieu de cela, elle se baissa et ramassa le sac de soie, luttant contre le pouvoir de l'épée alors qu'elle la remettait à l'intérieur. La même magie qui l'avait guidée sans effort dans la poitrine de Rezeal se battait maintenant contre Kira pour rester dans le royaume des hommes.

Pour cette seule raison, Kira riposta. Avec tout ce qui lui restait de volonté dans son âme, elle la fourra dans le sac et le ferma, se ratatinant presque lorsque le pouvoir de l'épée disparut. Quand elle leva les yeux, Père Mal se mettait debout de l'autre côté du marché.

« Je vous interdis de vous attaquer aux Gardiens ! cria Kira. Sinon je retournerai cette épée contre vous et vous souffrirez, je vous le promets ».

Père Mal la regarda en grimaçant, puis secoua la tête et sortit du marché.

« Kira. »

La voix paniquée de Mère Marie fit se retourner Kira, la peur l'étreignit. Mère Marie s'agenouilla devant Asher, caressant le dos massif du lion d'or.

« Non, » murmura Kira en courant vers Asher. Même sous sa forme de lion, Kira pouvait voir qu'il était gravement blessé, ses os étaient brisés et son sang coulait à plusieurs endroits. Elle se laissa tomber à genoux, repoussant son intense lassitude alors qu'elle se penchait pour appuyer son visage contre sa poitrine.

Elle ferma les yeux, cherchant à sentir leur lien. Elle sentit un très faible éclair de reconnaissance, puis il disparut. Kira sentit l'esprit d'Asher lui échapper, fuyant le monde humain.

Il n'y eut pas un moment d'hésitation dans son cœur, bien qu'elle n'ait aucune idée de qu'elles pourraient être les conséquences...

Kira laissa sa tête tomber en arrière, ouvrit ses bras dans un salut silencieux au ciel. Elle lança un appel silencieux à l'univers, projetant toute sa puissance, sa peur et sa colère d'un seul coup. Elle chercha ce qu'elle avait vu dans le cimetière, la barrière embrumée qu'elle savait maintenant être le voile.

Comme elle le souhaitait, le voile apparut. Kira mit ses mains dedans sans hésiter, y faisant un trou béant, assez grand pour qu'elle puisse traverser. Déglutissant, elle y enfonça la main, émerveillée par la force et le froid de l'air de l'autre côté.

A la seconde où elle commença à passer à travers le voile, quelque chose d'étrange se produisit : quelques formes grises fantomatiques apparurent, observant Kira de près.

Alors qu'elle s'enfonçait plus loin, ils se précipitèrent et se faufilèrent à travers le voile, chacun passant devant elle en un frisson glacial. Elle regarda en arrière, mais les silhouettes s'éloignaient déjà pour faire… Ce que font les fantômes.

Se secouant, Kira se retourna vers le Voile et ferma les yeux. Asher était juste de l'autre côté, assez proche pour qu'elle puisse le toucher. Elle pouvait le sentir… presque.

Avec un autre soupir, Kira franchit le voile et sortit complètement du royaume humain.

CHAPITRE 14

L'homme se tenait sur la côte rocailleuse d'un vaste lac tranquille. À sa gauche se trouvait un beau pommier gris massif, ses feuilles se parant des plus infimes nuances de vert, ses fruits rouges et brillants comme du sang frais. En regarder les fruits brûlait les yeux de l'homme, il réalisa alors que le monde entier avait été privé de couleur. Quand il jeta un coup d'œil à ses mains, elles étaient d'une étrange nuance de gris presque identique à l'écorce de l'arbre.

Il y avait une marque sur sa main gauche, le tatouage sombre d'un oiseau. En regardant le tatouage, quelque chose dans la poitrine de l'homme se contracta et s'anima d'espoir en même temps, mais il ne comprenait pas ce que cela signifiait.

Fronçant les sourcils, l'homme leva la main pour abriter son regard du soleil qui jetait des éclairs argentés à l'horizon. Au loin, il crut détecter une chaîne de montagnes, mais celles-ci étaient beaucoup trop éloignées pour qu'il puisse distinguer davantage que leur vague forme contre le ciel.

Pourquoi était-il là déjà ?

L'homme sentit qu'il n'était pas censé être à cet endroit à ce moment précis, mais il ne savait pas pourquoi. En y repensant, il n'était pas du tout sûr de qui il était, encore moins de ce qu'il aurait dû faire au lieu de rester ici, à regarder le lac.

Abaissant son regard, l'homme remarqua une légère ondulation à travers la surface lisse comme un miroir du lac. En inclinant la tête, il observa attentivement l'eau qui tourbillonna et refléta une image. Comme un miroir divinatoire, pensa-t-il. Ou un millier de miroirs divinatoires, plutôt.

Le lac commença à former une image et l'homme se rendit vite compte qu'il se voyait lui-même, le lac lui montrait des fragments de sa propre histoire. Il ne savait pas grand-chose de sa propre histoire, mais alors qu'il regardait le lac, il parvint à en comprendre certains aspects.

On voyait l'homme regardant une fille belle à tomber par terre. Elle était jeune, bien plus jeune que l'homme. L'homme du lac la fixa avec un désir si douloureux et intense… puis se détourna en secouant la tête.

La scène changea. L'homme traversait une épaisse jungle, tenant un fusil automatique noir dans une main et une machette dans l'autre. Trois hommes avec des peintures de guerre noires sur le visage surgirent des buissons et lui tirèrent dessus et l'homme tomba.

En observant la scène debout, l'homme leva la main et toucha sa poitrine à l'endroit où les balles l'avaient touché, ressentant une douleur familière. Il grimaça, mais le lac n'en avait pas encore fini avec lui.

La belle fille blonde réapparut, un peu plus âgée cette fois-ci, des courbes aux bons endroits. L'homme se vit la ramasser sur une pelouse parfaitement entretenue, l'embrasser avec un désir dévorant, la serrer contre lui pendant qu'elle dormait.

Il avait de nouveau mal à la poitrine, mais cette fois, c'était différent. Ce n'était peut-être pas une blessure physique... plus une blessure du cœur. L'homme grimaça à cette pensée qui semblait... contraire à ses principes.

Comment savait-il comment il était ? Il ne connaissait même pas son nom...

Secouant la tête, la poitrine se serrant un peu plus à chaque instant, l'homme se détourna du lac. A sa grande surprise, une petite fille se tenait juste derrière lui, le regardant avec les plus beaux yeux bleus qu'il n'ait jamais vus. Son visage en forme de cœur était encadré de douces boucles dorées, ses yeux d'un bleu éclatant étaient bordés de cils noirs...

La fillette blonde était sa fille. L'homme ne savait rien du tout, mais il aurait parié sa vie sur ça.

Il essaya d'ouvrir la bouche pour lui parler, mais ses lèvres refusèrent de bouger. L'homme leva les mains en un geste impuissant. La petite fille lui sourit rapidement et tendit la main, tapotant sa main rapidement. Puis elle pointa sur sa gauche pour attirer son attention.

Un mur gris et solide s'élevait à cet endroit, formé d'un brouillard fluctuant. Il était comme suspendu là, on aurait dit qu'il attendait. La brume semblait familière, mais elle donnait la chair de poule à l'homme. Il y avait un danger, peut-être. Mais il était incertain sur ce qu'il devait faire.

Quand l'homme regarda en arrière, la petite fille avait disparu.

Une colombe blanche entra dans son champ de vision, volant dans la direction opposée au brouillard. Quand l'homme regarda par-là, il vit un portail blanc scintillant. Il plissa les yeux, essayant de voir mieux, mais ne put rien distinguer. Il aurait pu jurer, cependant...

L'espace d'une seconde, il crut entendre le rire d'un enfant. Une odeur délicate flottait vers lui, quelque chose qui ressemblait à l'odeur du pain fraîchement cuit... La lumière sembla l'atteindre et, pour la première fois, l'homme réalisa à quel point il avait froid, ses doigts si engourdis. La lumière semblait si chaleureuse et accueillante...

Asher.

Le vent souffla autour de lui et une feuille lui voleta autour, lui rappelant l'arbre et le lac. Tournant sur place, l'homme vit que le monde devenait froid. Le soleil s'était estompé, l'arbre avait perdu toutes ses feuilles et ses fruits, le vent glacial les avaient éparpillés. Sur les bords du lac, le givre avait commencé à se former, se répandant partout et gelant les vagues.

L'homme était à terre, la blonde sanglotant sur sa forme allongée. Il y avait du sang, tellement de sang...

Le plus doux des sons attira son attention, un murmure presque perdu par le vent. L'homme essaya de se concentrer, d'écouter. C'était si doux...

Il se tourna vers le portail blanc, essayant de sonder le son. Encore une fois, le portail l'attira. L'herbe était fraîchement coupée. Il entendait les notes d'une mélodie oubliée depuis longtemps. Et cette chaleur, offrant de l'éloigner de cet endroit froid et mourant...

Asher.

Au moment où l'homme allait se diriger vers la chaleur blanche, il entendit à nouveau le son. Plus fort cette fois. Un seul mot, mais...

L'homme se détourna de la lumière, luttant pour bouger. Le givre du lac se propageait vers lui, rampant sur le sol et remontant sur ses jambes.

C'était froid, si froid.

Asher !

Là... l'homme regarda vers la brume et elle était là. Sa belle blonde. Une main ancrée dans la brume, l'autre tendue vers lui et elle lui demandait de venir. Elle bougea au ralenti, sa bouche articulant silencieusement des mots.

Asher, s'il te plaît ! Sa voix était comme désincarnée. *Ne me quitte pas !*

Quelque chose dans la poitrine de l'homme battit, un signe que la douleur allait venir. Il hésita. Il était tellement fatigué et le portail blanc avait semblé si merveilleux et si calme…

S'il te plaît ! Asher, je t'aime !

Le regard de l'homme se posa sur la femme. Un instant auparavant, elle était très colorée, mais il pouvait maintenant voir que le monde gris glacé lui prenait ses forces. Sa bouche bougea et l'homme put presque entendre sa voix, mais le vent emporta ses mots.

Je t'aime.

L'homme ne pouvait pas lui résister. Elle était en danger, sa blonde. Elle avait besoin de lui, avait besoin qu'il fasse quelque chose…

Se battant contre tout ce qui l'entourait, l'homme se dirigea vers elle. Ses yeux brillèrent d'excitation, sa voix résonnant dans ses oreilles par-delà le bruit sourd qui s'élevait pour inonder le monde entier.

Tadam. Tadam. Tadam.

Oui, Ash! C'est ça !

Il y était presque… il attrapa les doigts qui se tendaient vers lui et s'y agrippa. Il sentit de l'eau glacée autour de ses pieds, comme s'il se tenait jusqu'aux genoux dans une rivière, l'eau le griffant et essayant de l'entraîner vers le bas.

Ce serait si facile de se laisser aller…

Non, la femme avait besoin de lui. Il avait besoin d'elle aussi. Il avait besoin de la toucher, de prendre la main qu'elle lui tendait…

Ses doigts engourdis attrapèrent les siens, si chauds qu'il faillit la lâcher. Avant qu'il ne puisse réagir, elle prit fermement son poignet dans ses mains, l'attirant plus près d'elle, sa poitrine se soulevant sous l'effort évident qu'elle faisait.

Kira. Kira…

« Kira ?

– Oui, mon cœur, dit-elle. Viens avec moi, d'accord ? »

Asher la laissa l'attirer dans la brume, ses yeux se fermaient.

« Tu es en sécurité avec moi, » murmura Kira à son oreille, ses bras enlaçant ses épaules.

De cela, Asher n'avait aucun doute.

sher se réveilla brusquement, se retournant et toussant, luttant pour reprendre son souffle. Quand ses yeux s'ouvrirent, il se retrouva dans son lit, regardant fixement une Kira tout aussi abasourdie. Un épais tas de couvertures gisait sur leurs corps, ils étaient tellement emmitouflés qu'il ne pouvait voir que son visage.

« J'ai réussi, haleta-t-elle, sa voix un murmure enroué. Tu es vivant ».

Asher repoussa les couvertures avec un grognement, ses muscles étrangement faibles. Il étreignit Kira, un gémissement s'échappant de ses lèvres lorsque ses doigts se refermèrent autour de ses bras. Elle était solide, réelle, tangible.

« Où ... que... » murmura Asher, coupant court à ses pensées confuses quand il attira Kira contre son corps. Elle fut parcourue d'un frisson à son contact, sa peau fébrile contre la sienne.

Ou non… en fait, son corps était gelé et elle était simplement chaude.

« Ash, dit Kira, ses yeux pleins de larmes. Tu étais… »

Asher posa ses lèvres sur les siennes, désirant plus que

cela. Il voulait plus de chaleur, plus de contact. Il avait désespérément besoin d'être rassuré. Cet endroit, le lac glacé…

Il n'avait pas besoin de savoir où c'était ou ce que cela voulait dire. Il avait déjà compris tout ce qu'il avait besoin de savoir. Il avait été si loin de Kira et il ne laisserait plus jamais ça se reproduire.

Ses lèvres et sa langue explorèrent Kira de manière urgente. Elle se lova contre lui, enroulant un bras autour de son cou, ses seins écrasés contre sa poitrine. Elle portait un t-shirt fin et un pantalon en coton, comme Asher, et la barrière qui les séparait le rendait furieux.

S'écartant quelques instants pour enlever ses vêtements puis les siens, Asher roula avec Kira jusqu'à ce que son grand corps recouvre le sien, plus petit. Sa main palpa un sein généreux alors qu'il mordillait sa lèvre inférieure, sa queue épaisse et battant contre son ventre.

Il parcourut de baisers sa mâchoire jusqu'à son lobe d'oreille, mordillant et taquinant jusqu'à ce que les soupirs de désir étouffés de Kira emplissent l'air, jusqu'à ce que ses hanches se lèvent vers lui. Il s'arrêta un moment pour se rappeler un instant vécu au bord du lac.

La seule chose positive qui soit arrivée là-bas.

« Tu m'aimes, » assena Asher, baissant la tête jusqu'à ce que sa bouche trouve la marque qu'il avait faite sur son cou. Sa marque. Sa compagne.

« Ash, gémit Kira, la voix rauque et pleine de désir.

– Dis-le-moi encore Kira. »

Ash caressa de la main son corps, sa cuisse. Il écarta ses genoux puis saisit sa queue et en appuya le bout à son entrée, grognant férocement quand il la trouva mouillée et prête.

« Asher ! dit Kira, une main serrant son épaule, essayant de l'attirer plus prés.

– Je t'aime, Kira, gronda Asher, prenant une fois de plus ses lèvres.

– Asher, s'il te plaît ! dit Kira quand il se recula de nouveau, scrutant son visage avec attention.

– Dis-le-moi, Kira. Prononce les mots. » Il s'avança à peine à l'intérieur sachant qu'il la tourmentait, mais avait besoin qu'elle lui dise d'abord.

« Je... je t'aime, Ash, » dit-elle en criant sur la dernière syllabe quand Asher plongea profondément, la remplissant d'un seul coup.

Asher se releva et agrippa ses hanches, répondant aux mots que Kira avait prononcés, en lui donnant ce qu'elle voulait, la jouissance, rapide et complète dont ils avaient désespérément besoin. Il se contrôlait, regardait Kira se diriger vers le septième ciel, ses magnifiques seins rebondissaient, son visage rougissait de passion. Elle allait et venait avec lui, en prenant tout et en lui donnant tout ce dont elle avait, sans honte, mais c'était un magnifique besoin à assouvir.

Aucune femme ne pourrait jamais être aussi belle que Kira l'était en ce moment.

Son corps se tendit alors que son plaisir montait à toute vitesse. Asher pouvait sentir la tension dans ses muscles, sentir son sexe chaud et serré s'agripper de plus en plus fort à sa bite jusqu'à ce qu'il pense pouvoir mourir tant l'instant était parfait.

Il glissa sa main entre leurs corps, et du pouce, caressa son clitoris en faisant de petits cercles pendant qu'il la baisait. Quelques instants plus tard, Kira se crispait et criait son nom, ses ongles s'enfonçant dans son dos là où elle serrait son corps contre le sien.

Une fois qu'elle eût joui, Asher se laissa aller. Son esprit se vida, n'existait plus que la jouissance explosive qu'il ne pouvait connaître qu'avec sa compagne. Il éjacula en elle, ses derniers va-et-vient le consumant de l'intérieur jusqu'à ce qu'il pense en mourir.

Alors seulement, Asher s'effondra, prenant soin de rouler sur le côté, emmenant Kira avec lui. Maintenant qu'elle était dans ses bras, il ne serait jamais assez bête pour la laisser partir à nouveau.

Rien au monde ne se mettra jamais entre Asher et sa compagne. Jamais.

Enfouissant son visage contre le cou de Kira, Asher inspira profondément son doux parfum, se délectant de sa présence. Ils restèrent ainsi longtemps et Asher ne se souvint pas s'être jamais senti aussi heureux.

En sécurité, pour la première fois de sa vie.

Après ce qui semblait être une éternité, Kira rompit le silence.

« Tu étais mort. »

Elle le dit juste ainsi, sans prévenir. Aucune inflexion, juste… la vérité.

Asher l'embrassa dans le cou, puis releva la tête pour mieux la voir.

« Où es-tu… allé ? » demanda Kira, les yeux écarquillés. Elle avait l'air si fragile, bien qu'Asher l'ait vue massacrer le plus grand des ennemis. Elle était douce et forte, gentille mais brutale. C'était sa compagne, pleine de contradictions.

Mon dieu, elle était parfaite.

« Je pense… que je ne savais pas où j'étais, dit-il, essayant d'expliquer. Je ne savais pas qui j'étais. J'avais juste … froid.

– Je pensais que tu étais parti pour de bon, » dit Kira, sa voix vacillant sur le dernier mot.

Asher prit une profonde inspiration avant de répondre.

« Je l'étais. Je pense que je l'étais. Mais… j'ai entendu ta voix et je n'ai pas pu partir. Je voulais aller dans… l'autre monde, peu importe ce que c'était. Mais je ne pouvais pas te quitter », déclara-t-il. Ses mains tremblaient contre la taille de Kira, mais il la serra juste un peu plus fort.

Kira effleura ses lèvres. Son tremblement s'était atténué.

« Nous n'avons plus besoin de parler de ça, promit-elle, son ton grave. Tu es revenu vers moi. C'est le principal.

— Bon sang, Kira. Tu me rends tout ému, dit Asher, sentant son cœur se serrer.

— Ce n'est pas de ma faute. Vous, les hommes, vous êtes comme des tortues, dit Kira. Plus la coquille est dure, plus le ventre est mou.

— Mmmh, » dit Asher, sans daigner répondre. Kira resta silencieuse pendant un long moment et Asher put pratiquement entendre les engrenages tourner dans sa tête. « Qu'est-ce que qu'il y a ?

— Eh bien ... je me demandais... Kira prit une profonde inspiration. Combien de temps dois tu encore être au service de Mère Marie ? »

Asher cligna des yeux, surpris.

« Euh... je ne suis pas sûr. Je veux dire, techniquement... Je pense qu'une fois son sort brisé, notre accord est terminé. Pourquoi ?

— Je pensais justement à avant, quand nous avons parlé de tout reprendre à zéro, déclara-t-elle.

— Quelque part près de la mer, mais pas trop chaud, dit Asher en hochant lentement la tête.

— Oui, dit Kira en se mordillant la lèvre inférieure.

— Je ne suis peut-être plus redevable à Mère Marie, mais nous ne pouvons pas encore partir. Ton père est parti, mais l'homme qui l'a invoqué est toujours en vie. Malheureuse-ment, murmura Asher.

— Père Mal, tu veux dire. »

Asher acquiesça.

« Je ne peux pas encore quitter les Gardiens. Bientôt, oui. Mais pour l'instant... je pense qu'ils ont besoin de moi. Asher s'interrompit. En fait, tu es environ mille fois plus puissante que moi. Les Gardiens ont besoin de toi plus que de moi, je suppose. »

Kira rit en secouant la tête.

« Je sais à peine utiliser mes pouvoirs.

– Je ne suis pas d'accord. Je pense t'avoir vu bannir un ange de la mort, fit remarquer Asher.

– D'accord, mais je peux à peine les contrôler, alors. Je peux être dangereuse.

– Toi ? » ? Jamais, dit Asher en enfouissant sa tête dans son cou. Ils restèrent silencieux un moment, un silence confortable, quand Asher réalisa qu'il n'avait pas vraiment répondu à sa question sous-jacente. « Kira ?

– Oui ? sa voix était somnolente, son corps doux comme du beurre contre le sien.

– Bientôt chérie. Je promets que lorsque ce sera fini, nous irons où tu voudras. On pourra ne jamais remettre les pieds en Louisiane si c'est ce que tu souhaites.

Kira poussa un soupir de contentement.

« Je ne sais pas, la Nouvelle-Orléans est sympa, déclara -t-elle. Il y a trop de méchants, mais bon, c'est joli. Union City peut aller au diable !

– Je garderai ça à l'esprit. »

Asher gloussa et la serra contre elle, l'écoutant tandis qu'elle s'endormait. Pour la première fois depuis aussi long-temps qu'il se souvienne, tout allait bien dans son monde. Il n'y avait pas de danger à l'horizon, rien ne l'empêchait d'être avec sa compagne, rien qui l'empêche de sombrer dans un sommeil profond et sans rêve.

Un sourire aux lèvres, Asher s'endormit, sa dernière pensée étant que Kira l'avait enfin libéré, et ce, pour toujours.

BOOKS IN ENGLISH BY KAYLA GABRIEL

Alpha Guardians

See No Evil

Hear No Evil

Speak No Evil

Bear Risen

Bear Razed

Bear Reign

À PROPOS DE L'AUTEUR

Kayla Gabriel vit dans la nature sauvage du Minnesota où elle jure apercevoir des métamorphes dans les bois qui bordent son jardin. Ce qu'elle aime le plus dans la vie, ce sont les mini marshmallows, le café et les gens qui se servent de leurs clignotants.

Contactez Kayla par
e-mail: kaylagabrielauthor@gmail.com et assurez-vous de
vous procurer son livre GRATUIT :
https://kaylagabriel.com/bulletin-francais/
http://kaylagabriel.com